처음부터
잘 쓰는 사람은
없습니다

처음부터
잘 쓰는 사람은
없습니다

이다혜 지음

위즈덤하우스

글쓰기를 처음 시작하는 분들에게

글쓰기는 가르치고 배울 수 있습니까?
처음 글쓰기 수업을 시작하던 때 제가 스스로에게 던진 질문입니다.

기자로 일하기 시작했던 때, 무슨 단어를 써도 부적합해보이던 그때, 소설가나 기자 선배들에게 물었던 질문도 비슷했습니다. 어떻게 하면 더 좋은 문장을 쓸 수 있어요? 그들은 이미 타고나면서부터 완성된 문장가처럼만 보였거든요.
가장 먼저 배우기로는 '제대로 읽기'가 비법이었습니다. '이 사람의 글을 읽어라'라는 작가가 사람마다 제각각이었습니다. 그들이 좋다고 생각하는 작가와 그 자신의 글은 어떤 면에서든 닮아 있었습니다. 섬세한 표현을 벼려 쓰는 작가를 권해주는 사람은 그 자신이 공들인 표현의 달인이었습니다. 확신에 찬 단호한 표현들을 구사하며 사회에 대한 발언을 하는 작가를 권하는 이는 의견을 적극적으로 개진하는 글을 잘 썼습니다. 꼼꼼하게 관찰하고 분석하는 글이 좋다는 사람은 그런 글을 쓰기 위해 부단히 노력하고 있었습니다. 소설 창작이 아니어도, 누구나 자신의 문장에 자신의 이상향을 구현하기 위해 노력합니다.

그다음엔 뭐가 있냐고요? '쓰기'만이 남습니다. 빈 문서와 나 자신만이.

《처음부터 잘 쓰는 사람은 없습니다》는 제가 이십여 년간 경험한 글쓰기 시행착오의 기록이자 어렵게 발견한 방법론입니다. 무라카미 하루키와 가와카미 미에코의 대담집《수리부엉이는 황혼에 날아오른다》에는 무라카미 하루키가 회고하는 신인 작가 시절이 있습니다. '처음에는 잘 쓰지 못했다'라고 그는 당시를 떠올리는데요, 편집자에게 문장력이 부족하다고 말했더니 들은 답이 이랬다고 합니다. "괜찮아요, 무라카미 씨. 다들 원고료 받아가면서 차차 좋아집니다."
돈을 받고 글을 쓰면서 누군가는 나 자신을 더 깎고 다듬어 하나뿐인 무언가를 창조해내고, 누군가는 세상과 나 사이에 다리를 놓습니다. 그 둘은 서로 달라 보이지만, 궁극적으로는 같아진다고 믿습니다. 그렇다고 해도, 모든 글쓰기 방법론이 동일할 수 없음은 분명합니다.

《처음부터 잘 쓰는 사람은 없습니다》는 머릿속에 맴도는 어렴풋한 생각을 글이라는 형태로 끄집어내는 방법을 다룹니다. '이런 거 쓰고 싶어!'라는 마음의 '이런 거'를 문장으로 바꾸는 연습입니다. 본심의 번역작업이자, 타인과의 교류에 필요한 매너의 실천방식이기도 한 글쓰기입니다.

CGV 씨네라이브러리에서 진행한 글쓰기 특강들과 말과활 아카데미에서의 글쓰기 강의, 그리고 몇몇 도서관과 기업체, 교육기관에서 진행한 글쓰기와 말하기 관련 강좌들이 이 책의 토대가 되었습니다. 수업에 함께 해주신 분들께 진심으로 감사드립니다. 함께 해주신 한 분 한 분의 우주를, 여러분의 문장으로 접했습니다. 모두들 꾸준히 글을 쓰고 계신가요?

저는 2000년부터 기자로 일하고 있고, 첫 책《책읽기 좋은날》이후《어른이 되어 더 큰 혼란이 시작되었다》《여기가 아니면 어디라도》《아무튼, 스릴러》 등 책으로 엮은 것보다 더 많은 글을 매체에 실으며 지금까지 일해왔습니다. 남의 글을 읽고 수정을 요청하거나 남으로부터의 글 수정 요청 역시 그만큼의 시간 동안 해왔습니다. 어느 시대 누구에게나 통용되는 만병통치약 같은 글이 있다고 믿기에는, 시대가 바뀌고 사람이 바뀌는 속도가 빠르고도 빠릅니다. 계속 '글 쓰는 사람'으로 존재한다는 말은, 시대와의 부딪힘을 경험하며 자신을 돌아보는 기회를 얻는다는 뜻이라고 믿습니다. 부디 저 자신이 앞으로도 지치지 않고 써나갈 수 있기를, 또한 여러분과 함께 할 수 있기를 빌어봅니다.

글쓰기는 말하기와 더불어 나를 표현하고 타인과 소통하는 기본적이고 필수적인 도구입니다. 초등학교만 졸업해도 누구나 자신의 생각을 글로 표현할 수 있지만, 내가 원하는 내용을 구체적으로 글로 표현하고 타인에게 오해 없이 전달하는 글쓰기는 저절로 되지 않습니다. 글이 완벽하다 해도 읽는 쪽의 독해력이 없이는 그 뜻이 온전히 전달되기 힘들고요.
그래서 글쓰기는 가르치고 배우는 작업을 다시 시작하게 합니다.
그 시작은 읽기와 듣기, 그리고 생각하기입니다.

그럼 이제, 처음 시작하시는 분들을 위한 글쓰기 수업을 시작하겠습니다.

이다혜 드림

차례

2 보고 읽은 것에 대해 쓰는 연습

3 삶 가까이 글을 끌어당기기

4 퇴고는 꼭 해야 합니다

5 에세이스트가 되는 법

6 이제 글을 써볼까

1
쓰고 싶은데 써지지 않는다

네가 안다고 주장하는 것들은
언제나 네가 정말로 아는 것으로부터
네 주의를 돌리기 위한 수단임을 알라.

샐리 비커스, 《세 길이 만나는 곳》

십 년 전의 나에게

마감의 신은 마감과 함께 온다.

나는 매주 잡지 마감을 해 생계를 해결했지만, 정작 내가 쓰고 싶은 글을 쓰지는 못하고 있었다. 언제나 마음은 있었다. 다만 쓰지 못했을 뿐이다.

잡지사 기자로 일하며 원고 품팔이를 꽤 오래 해왔으니 못 쓸 게 뭐가 있겠나 했지만, 한 권의 책으로 내가 원하는 이야기를 써낸다는 구상은 늘 실패로 돌아갔다. 막상 쓰려고 앉으면 아무 생각도 나지 않았기 때문이다. 회사 원고야 안 쓰면 해고당할 위기였으니까 어떻게든 해냈지만, 단행본은 그렇지 않았다.

핑계는 여럿 있었다. 그리고 많은 분께 죽을죄를 졌다.
죄송합니다.

약속은 늘 지켜지지 않았다. 아니, 나는 글을 쓰겠다는 약속을 지키지 못했다. 밤마다 악몽을 꿨지만 그래도 원고는 써지지 않았다. 작법 책을 읽어봤다. 매일 아무 말이라도 일단 쓰라고 해서 빈 문서를 열어서 써봤다.

"아무 말이라도 써보자."

그 말 이후에는 아무 말도 생각나지 않았다.

지금 생각해보면 그때는 내 인생의 암흑기였다. 글만 쓸 수 없던 건 아니었고, 개인사를 통틀어 마의 구간을 지나던 중이었다. 나는 내가 쓰고 싶은 이야기를 지나치게 사적이라는 이유로 쓸 수 없었고, 쓰고 싶지 않은 이야기라도 쓰려 할라 치면 너무 거짓말 같아서 쓸 수 없었다.

네, 이것은 저의 핑계입니다.

그리고 시간이 지났다. 지금도 원고를 쓰는 일은 쉽지 않다. 하지만 글쓰기는 십 년 전보다 훨씬 쉬워졌다. 쉽지 않음과 쉬움 사이에서 줄타기를 한다. 나는 늘 패배하고 있지만.

요즘 에세이 붐이다. 글 쓰는 일을 업으로 하지 않는 친구들도 출간 제안을 받고 계약을 한다. 그 친구들이 내게 연락한다. 도무지 쓸 수가 없다고, 이게 책 한 권이 될지 모르겠다고.

친구야,

나도 모른다.

하나 확실한 건, 쓰기 전에는 너의 생각이 책이 될 가망은 아예 없다. 우리가 하던 그 이야기들을, 웃고 울던 그 이야기들을, 글로 옮겨봐.

망할 수도 있지만, 결국 우리를 살린 그 이야기들을.

십 년 전에 아무에게도 토로하지 못하고 글 빚에 파묻혀 울던 내게도 그 말을 해주고 싶다.

널 위해, 그리고 지금의 내 친구들을 위해 책을 한 권 썼어.

잘 쓰는 사람만 보느라 스스로 나아질 기회를 날리지 말았으면 좋았을 걸.

십 년 전의 나야,

그만 울고,

그만 울라고.

글을 쓰려면 울 게 아니라 글을 써야 한단다.

처음부터 잘 쓰는 사람은 없다.

나를 타인에게 읽히고 싶다는 욕망

모든 사람이 작가인 시대다. 작가가 책을 쓰는 게 아니라 책을 써서 작가라고 불린다. 글 좀 쓴다는 인증을 받은 사람들이 책을 내던 시대에서 좋아하는 것, 혹은 전문 분야에 대해 누구나 책을 낼 수 있는 시대로의 변화. 여행 좋아하세요? 여행 에세이 써보시는 건 어떤가요. 맛집 즐겨 다니세요? 맛칼럼니스트에 도전해보세요. 모든 물건을 해외직구로 사신다고요? 그걸로 글 한번 써보세요. 분야별 글쓰기 책이 수없이 쏟아져 나오는 시대다. 베스트셀러가 된 책들도 많다. 대체 왜 이렇게 글쓰기 책이 인기인가? 언젠가는 이 자리를 컬러링북이 차지했었다. 그 전에는 인문서 붐이 불었다. 그 전도 기억하시는지? 힐링이 트렌드였다. 아주 오랜 시간 서점의 가장 좋은 매대를 차지했던 자기계발서들이 밀려난 자리를 차지한 출판 트렌드의 간략한 근황이다. 그리고 지금 나는 이런 주장을 하려는 참이다. 글쓰기 책이야말로 궁극의 자기계발서라고.

'유시민의 30년 베스트셀러 영업기밀!' 글쓰기 분야의 스테디셀러《유시민의 글쓰기 특강》의 표지에 적힌 홍보 문구는 마치 보험영업소 일등 영업사원 포상을 알리는 문구처럼 보인다. 저 문장에 담긴 유혹은 꽤나 분명한데 '베스트셀러'와 '영업기밀'이라는 표현 탓일 것이다. 물론 이 책은 제목 그대로 유시민이 지키는 글쓰기의 3원칙을 풀어낸 책이다. "첫째, 취향 고백과 주장을 구별한다. 둘째, 주장은 반드시 논증한다. 셋째, 처음부터 끝까지 주제에 집중한다." 하지만 그와 더불어 '팔리는 글 쓰기'를 알려주겠다는 암시가 광고문구에 녹아 있는 셈이다. 21세기의 글쓰기는 영혼을 위한 닭고기 수프 같은 것이 아니다. 자신의 인생을 하나의 스토리로 만들고 그것을 남에게 알리는, 가장 중요한 셀프마케팅 수단이다.

글쓰기 관련 특강이 가장 많이 열리는 곳 중 하나는 대학교다. 그리고 대표적으로 삶을 바꾸는 글쓰기인 자기소개서 쓰는 법에 대한 노하우는 취업 카페에서도 매일같이 공유되는 지식이다. 자기소개서가 '자소설'이라고 불리는 데는 다 이유가 있다. 예전 같이 "19○○년 ○월 ○일 ○○시에서 ○○○씨의 ○남 ○녀 중 ○째로 태어나…"로 시작하는 글은 절대 안 된다. 당신 인생을 스토리텔링하라. 가장 흥미로워 보이는 모험을 드라마로 만들어라. 당신 인생의 주인공은 바로 당신! 그 글이 잘 팔린다면 당신은 좋은 회사에 취직할 것이다. 그렇지 않다면? 그저 웃지요. 그런데 유시민은 처음부터 글을 잘 쓴 경우가 아닌가? 글 못 쓰는 사람의 고민을 알 리가 없지 않은가! 유시민이 그 유명한 '항소이유서'를 썼을 때가 스물여섯 살이었다고….

　취업을 위해 자기소개서를 쓰는 이들만이 글쓰기에 관심을 갖는 것은 아니다. 고민상담을 해주는 힐링 책도, 고민의 원인을 직시하라는 독설을 담은 킬링 책도 충분히 읽은 이들이 다음으로 관심을 갖는 것은 남의 글 읽기가 아니라 자신의 이야기를 타인에게 읽히는 것이다. 맛집이나 여행, 쇼핑, 책읽기 등 자신만의 이야깃거리가 있다면 더 좋다. 그러다 보니 요즘의 많은 글쓰기 책들은 '취향입니다, 존중해주시죠'를 길게 풀어쓰는 법을 가르친다. 문법이나 구성이라는 글쓰기의 고전적 도덕률에 충실해서는 인기 없다. 자기 목소리 내기를 두려워하지 않는 법이야말로 요즘 글쓰기 책들이 가르치는 가장 중요한 덕목이다. 당연한 말이지만 그 글은 팔려야(책으로 내지 않더라도 블로그를 통해서라도 널리 읽혀야) 그 가치를 인정받는다. 팔린다는 말이 어렵게 느껴지시는지? 우리는 '좋아요' 버튼이 몇 번 눌리는지 매분 매초 확인할 수 있다. 누군가 읽어줘야 한다. 일기장의 주요 소재들이었던 우울함과 공상조차 SNS에 중계하는 일이 서슴없어졌으니, 그리된 이상 제대로 쓰고 싶다는 욕망을 갖는 일은 자연스럽다. 이 길의 끝은 자기표현이요 자기긍정이니, 어찌 글쓰기 책이야말로 궁극의 자기계발서라고 하지 않을 수 있을까.

비소설 분야만 관심의 대상인 것은 아니다. 이북을 중심으로 한 장르소설 시장이 커지면서 등단을 거치지 않고도 소설을 써서 베스트셀러 작가가 될 수 있다. 한국에서는《성균관 유생들의 나날》의 정은궐을 비롯해 인기 작가는 얼마든지 있다. 그중 로맨스 장르는 더 이상 해외 작가 작품을 번역하는 일이 의미 없을 정도로 한국 작가들의 판이 커진 경우다. 판타지와 로맨스는 문예지를 통해 등단하는 대신 게시판에 글을 연재하며 팬을 처음 만난다. 웹툰을 연재하는 많은 사이트들에서도 소설 연재에 점점 더 많은 노력을 기울이는데, 인기 웹소설은 만화화되거나 드라마화되거나 해외로 수출된다. 당연히 소설 쓰기에 대한 책들도 많아질 수밖에 없다. 로맨스 소설을 써 대박을 내겠다는 직장인들이 얼마나 많은지 알면 놀랄 것이다. 그야말로 투잡 중의 투잡이다.

천기를 누설하자면, 글쓰기를 다루는 모든 책에서 강조하는 최고의 소설 쓰는 비법은 '무조건 매일 같은 시간에 책상에 앉아서 뭐든 쓴다'다. 그렇게 하면 베스트셀러 작가가 될 수 있느냐고? 자기계발서란 원래, 자기계발서를 쓴 사람이 가장 성공하는 장르다. 하지만 로또에 당첨이 되려면 최소한 로또를 사야 하는 법. 그러니 잠언을 마음에 새기고, 일단 써라.

다만 쓰기의 유행이 출판계를 쓸고 지나가면 무엇이 올까 약간 궁금하고 또한 두렵다. 남이 그린 그림에 색칠하기에서 자기 이야기를 써내려가기로 욕망이 옮겨온 다음엔 무엇으로 이어질까. 듣기보다 말하고 싶어 하고, 읽기보다 쓰고 싶어 하게 되었다. 하지만 모든 사람이 작가의 욕망을 품는다면 남는 질문은 하나다. 독자는 어디에 있는가?

왜 쓰고 싶은지부터 물어야 한다

글을 쓰기 전에 답해야 할 세 가지 질문이 있다. 왜 쓰는가? 무엇을 쓸 것인가? 누구를 위한 글인가?

먼저 '왜 쓰는가?' 말로 하거나 그냥 생각으로만 두지 않고 굳이 글로 옮기려고 하는 이유는 무엇인가? 나는 무슨 말을 하고자 하나? 다른 사람이 쓴 글을 보면서 '나도 이런 글 쓸 수 있겠다' 싶어 글을 써보고자 하는 경우가 많은데, 글을 시작하고 완성할 정도로 내 안에서 생각이 무르익었을까? 참고로 이 책은 생각을 숙성시키는 방법론에 대한 글이기도 하다. 그런데 어쨌거나 왜 굳이 글로 쓰려고 하는지 스스로에게 물어야 한다.

이 책에는 질문이 많은데, 스스로 글쓰기를 진행하기 어려운 경우는 질문에 답하는 방식으로 생각을 정리하는 것도 좋은 방법이기 때문에 그렇다. 사적인 경험을 나누기 위해 글을 쓰려는 경우도 있고, 항의하거나 나의 주장을 관철시키기 위해 글을 쓰기 시작할 때도 있다. '그냥' 쓰기 시작한다고 느끼는 경우조차 곰곰이 생각해보면 '왜'가 존재한다.

머릿속에 있는 생각을 끄집어내 눈으로 볼 수 있게 시각화하는 작업이 글쓰기다. 같은 경험을 해도 그런 사고 과정을 거쳐 글을 쓰면 더 깊어진다. 일회적으로 스쳐 지나갔을 수 있는 일이 더 오랜 생명을 얻는다. 옛날 일기를 읽을 때의 묘한 기분. 기억과 다른 기록.

왜 쓰는가의 여부는 글을 어떻게 처리할지와도 관련이 있다. 특정인에게 주는 글이 있고(거의 모든 공적인 글쓰기가 여기 해당한다), 나 혼자 보는 글이 있고(대표적으로 일기가 그렇다), 공감을 얻기 위한 글이 있다(SNS에 쓰는 아무 말도 대체로 여기에 포함된다). 책으로 엮어보고 싶어서 쓰는 글이라면 '누구를 위한 글인가?'라는 질문과도 연결된다.

책에 대한 글을 쓸 때, 나는 어디에 쓰는 글인지에 따라 길이와 내용, 발췌할 부분을 달리 하는 편이다. SNS에 쓸 때는 해당 플랫폼에서 보기 편한 양식을 따르는데, 대표적으로 트위터의 경우라면 140자씩 끊어 읽기 편하게 쓰려고 노력한다. 칼럼과 서평은 글이 실리는 지면의 성격에 따라 개인적인 경험이나 의견을 반영하는 비중을 달리 한다. 한 권의 책이나 한 편의 영화에 대해 여러 매체에 글을 써야 할 때도 있는데, 그 경우는 매체의 성격이나 청탁받은 주제를 중심으로 글의 구성을 다르게 한다. 같은 내용이라 해도 고등학생을 위한 강연인지 일반인을 위한 강연인지에 따라 강연 원고를 다른 식으로 풀어간다. 글을 읽거나 말을 들을 사람에 따라 내용의 흐름이나 필요한 예시가 달라진다. 독자를 누구로 상정하고 글을 쓰는지는 사용하는 용어부터 논지에까지 영향을 미친다. 자기소개서를 쓰는 경우도 마찬가지인데, 규율이 엄격한 조직에 지원하는 경우와 창의력을 중시하는 조직에 지원하는 경우, 어필해야 하는 부분이나 표현 방식이 달라진다. 모든 경우에 들어맞는 만병통치약 같은 '궁극의 글'은 존재하지 않는다. 특히 처음 글을 쓰는 단계에서는 가능한 한 구체적으로 생각하기를 권한다.

이제 '무엇을 쓸 것인가?'에 답할 차례다. 글쓰기를 연습하는 초기라면, 내가 잘 아는 것을 문외한에게 전달한다는 생각으로 글쓰기를 연습하길 권한다. 잘 모르지만 멋있어 보이는 소재를 선택하면 글에 무리수가 생기기 쉽다. 직장인을 위한 글쓰기에서 내가 가장 많이 제안하는 것은, '하는 일에 대해 쓰기'다. 직장에서 하는 일은 나에게는 식상하고 쉬울지 몰라도, 그 일을 모르는 사람에게는 신기한 경우가 많다. 나에게 가장 익숙한 삶의 장면들을 타인에게도 재미있게 전달하는 연습은 '나 자신에 대해 말하기'와도 연결되는, 즉 글쓰기와 말하기를 동시에 향상시키는 요령이 된다.

쓰고 싶은데, 정말 쓰고 싶은데

글쓰기와 관련해 내가 가장 많이 받는 고민상담은 "글을 쓰고 싶은데 막상 쓰려니 쓸 말이 없다"는 하소연이다. 저마다 책 한 권으로는 부족할 우여곡절을 겪으며 살고 있는데, 어떤 경험은 나누고 싶고, 어떤 이야기는 제법 돈이 될 듯한데, 막상 쓰려니 쓸 말이 없다는 하소연이다. 책을 계약한 뒤 울고 있는 많은 지인들도 비슷한 사정이다. 단순히 일을 하기 싫어서 원고를 미루는 경우도 있지만, 막상 쓰려니 의구심만 잔뜩 들어 도무지 시작하지 못하는 경우가 태반이다. 기자로 일하는 나와 내 동료들의 경우, 원고는 마감이 쓴다고 믿는 쪽이다. 월급보다 더한 글쓰기 동인은 없다. 마감이 닥치면 어떻게든 된다는 마법 같은 경험을(밤을 샜다는 사실은 이미 잊어버렸다) 몇 번이고 하게 된다. 그러면 쓰고 싶은 막연한 기분을 글의 형태로 만들어내는 방법에는 어떤 것들이 있을까.

먼저, '소재에서 시작하기'와 '주제에서 시작하기'를 생각해보자. '쓰고 싶은 기분'이 어디에서부터 비롯했는지를 떠올려보라.

　나는 2017년에 두 권의 책을 냈다.《어른이 되어 더 큰 혼란이 시작되었다》와《여기가 아니면 어디라도》가 그 책들인데, 전자는 주제를 먼저 떠올리고 쓴 책이고 후자는 소재가 우선시된 책이다. 내가 즐겨온 문화들을 페미니즘이라는 필터로 다시 읽기를 시도한 글이 전자라면, 여행이라는 키워드를 중심으로 사유와 경험을 묶어낸 글이 후자다.

　내 경험을 공유하고 싶어서 글을 쓰려는 경우가 있는가 하면 내 생각을 발전시키고 그것을 눈으로 확인하고 싶어서 글을 쓰려는 경우가 있다. 전자는 소재 중심이 되고 후자는 주제 중심이 된다. 전자는 흥미로운 사실의 나열만으로도 글이 완성되지만 후자는 의견 혹은 결론 부분이 단단해야 하는 경우가 많다. 이 두 가지를 분명히 하지 않으면 관련한 키워드를 검색해 적당히 끼워 맞춘 글쓰기가 되는 경우가 많다. 억지로 과제를 위해 글쓰기를 할 때 특히 많이 보게 되는 유형.

　'내가 좋아하는 것에 대해 쓰기' '나를 불편하게 만든 것에 대해 쓰기' '내가 싫어하는 것에 대해 쓰기'는 어떨까. 여기서 중요한 것은 좋아하는 이유, 불편한 이유, 싫어하는 이유다. 나를 들여다보는 글쓰기에서는 특히 이 세 가지가 중요한데, 남에게 보여주겠다는 생각을 하지 않고 인내심을 갖고 길게 쓸수록 좋다. 그 표면적인 '이유'가 거짓말일 때가 많아서다.

특히 나 자신이나 다른 사람에 대해서 이런 글쓰기는 한번쯤 해볼 필요가 있다. 내가 속이는 내 감정을 발견하기 위해서다.

막연한 감정들이 머릿속에서 분탕질을 칠 때, 대체 왜 이렇게 마음이 어지러운지 꺼내보는 작업이 바로 글쓰기다. 가장 먼저 드러난 이유부터 막상 쓰려고 보니 엄두가 나지 않는 진심까지, '눈으로' 확인하게 해준다.

물론 이런 글은 잘못 보관하면 큰일 난다. 이런 글을 보관하는 나의 노하우라면, 이메일의 '내게 보내기' 기능을 이용하거나, 블로그에 비공개 글로 올려두기가 있다.

글쓰기에는 2대 분파가 있다. **'쓰면서 생각하기' 파**와 **'생각하고 나서 쓰기' 파**다. 컴퓨터 시대 작문의 잠언. 글은 손가락 끝에서 나온다. 혹은, 뇌는 손가락에 있다. 일단 무엇이든 타이핑한다는 주의다. 생각부터 완성하기가 어려우니 일단 무엇이든 잔뜩 써보고 편집을 통해 글을 완성해가는 방식이다. 쓰고 버리는 편이, 생각에만 매달리는 쪽보다 훨씬 속도가 빠르다. 소재 중심의 글이라면 아무 말이든 쓰면서 생각을 하는 쪽이 능률적이다.

나는 쓰면서 생각하기와 생각하고 나서 쓰기를 둘 다 활용하는데, 긴 글일수록 생각하고 나서 쓴다. 주제 중심의 글일 때도. A4용지 네 장 분량(원고지 40매)의 글을 쓸 때를 예로 들자면, 실제로 쓰는 시간은 네 시간 정도고 생각하는 데 한 달 정도를 사용한다. 한 달 동안은 그 글에 쓸 내용을 먼저 스마트폰 메모장에 파편적으로 정리하거나, 머릿속으로 글 구성을 계속 바꾸면서 고민한다. 결국 원고 작성 과정에서 원래 계획이 전부 바뀌곤 하지만 바뀌게 되더라도 계획이 있는 편이 좋다. 주장을 담은 글이라면 머릿속으로 논박을 거친다. 이렇게 쓸 경우 가능한 반박을 여러 가지 떠올리며 논리를 가다듬는 식이 된다.

글을 오래 써온 사람일수록 '일단 타이핑한다'고 말하는 경우가 많은데, 대체로 부지불식간에 해당 이슈에 대해 머릿속으로 굴리는 일이 습관처럼 굳어졌기 때문에 "써야 글이 된다"는 뜻으로 그렇게 말하는 경우가 다수다.

'제목 만들고 쓰기'와 '쓰고 나서 제목 정하기.' 이 두 가지에는 어떤 장점이 있을까. 이것이야말로 작가 마음이고 작가의 성향 차이에 따르는 것인데, 제목이 정해져야 글을 쓰는 작가가 있는가 하면, 제목은 편집자에게 일임하는 작가도 있다. 나는 편집기자로 커리어를 시작했는데, 처음 일을 배우던 때 내가 존경하던 선배가 했던 조언은 이렇다. 어떤 경우라 해도 독자는 글보다 제목을 먼저 보게 되어 있다. 제목만 읽고 글을 읽지 않는 경우는 있어도 그 역은 성립하지 않는다. 즉, 글을 읽게 만드는 데 있어서 가장 명확하게 첫인상을 주는 것이 제목이 된다. 제목 짓는 연습은 누구에게나 중요하며, 독자를 유혹하는 첫 번째 무기가 바로 제목이 된다.

경험은 고유하다

아이들은 아는 게 없다고, 그래서 아이들이 가는 길을 어른이 마땅히 지도해주어야 한다고 많이들 생각한다. 하지만 그 또래 때의 나 자신을 떠올려보면 어른들의 순진한 착각은 우스울 정도다. 자녀의 어떤 거짓이든 적발할 수 있다는 자신만만함을 지녔던 부모를 둔 친구들의 '사생활'. 아이들만의 세계에서 벌어지는 일들. 야마다 에이미의 《풍장의 교실》은 초등학교 5학년, 이제 막 새 학교에 전학해 선생님의 예쁨을 받고 그것을 이유로 여자애들의 질투를 사 따돌림을 당하는 소녀 모토미야 안이 주인공이다. 인내의 한계를 넘어버린 소녀는, 이제 그만두기로 한다. 유서를 위한 준비메모를 완성하고, 목을 맬 줄을 찾으러 부엌에 갔는데, 옆방에서 엄마와 고등학생인 언니의 대화가 들린다. 남자친구가 섹스를 잘 못한다고 투덜거리던 언니는 '나', 그러니까 동생이 따돌림을 당하는 것 같다며 자신의 따돌림당하던 과거를 떠올린다. 그리고 두 사람은 '나'를 위해 슈크림을 만들어주기로 한다. 그제야 '나'는 어떤 일을 저지르려고 했는지 깨닫는다. 나 자신이 죽는 건 전혀 무섭지 않지만 남는 사람들 일을 생각하면 공포로 몸이 떨린다. 그리고 자신을 죽이는 대신 아이들을 마음으로 죽이기로 마음먹는다. 마음속에서, 묘지가 생긴다. 야마다 에이미는 성인이 되어 초등학생인 소녀를 주인공으로 이야기를 풀어갔다. 초등학생을 어리게 보는 대신, 그 또래 특유의 서늘함을 기억해내며. 그러면 중고등학교 재학생들은 어떤 글을 쓸까.

"친구가 죽었다. 사고였다. 문자가 왔다." 전국 중고생들의 학급문집 글을 모은 《나도 생각 있음》에 실린 서울 배재고 김정희 군의 〈절벽으로 매달린 잎사귀〉의 도입부다. 이 책은 어른들이 보고 싶어 할 만한(따돌림 같은 고통은 딛고 일어서고, 희망은 기운차게 표현하는) 글이 많은 편인데 이 글은 그렇지 않다. 어쨌든, 중학교 때 만난 박병철이라는 그 친구는 공부에 별 관심이 없었다. 그리고 아버지를 죽이고 싶다고 했다. 사랑을 많이 받고 자란 화자는 그런 친구의 말이 낯설다. 그런데 2학기가 되어, 병철이는 세 번째 아버지와 살게 되었다. 함께 자전거를 타던 병철이가 "오늘은 집에 가기 싫은데"라며 화자의 집에서 놀자고 했고, 마침 엄마와 아빠가 장기 출장을 가 며칠간 화자의 집 옷장에서 살게 된다. 학교도 가지 않고. 그러다 엄마가 갑자기 집에 돌아왔고, 병철이를 발견했고, 그 집에 연락했다. 병철이는 집에 돌아갔고, 이제는 난간을 잡지 않고선 계단을 내려가지 못하게 되었다. 3학년 때 병철이는 전학을 갔고, 고등학교 1학년의 나이에 죽었다. "나는 그가 죽었다고 생각하지 않았다. 지금도 그렇다. 그의 웃음이 아직도 기억나기 때문이다. 나는 그가 사고로 죽었다고 생각하지 않는다." 김정희 군은 놀라울 정도로 형용사를 쓰지 않고도 감정을 잘 전달하는 글 솜씨를 지녔다. 이 글을 읽으며 김정희 군의 마음속에 있을 묘지를 떠올렸다. 자신을 괴롭히는 친구들을 마음속에서 죽여 흙으로 덮지도 않는 묘지를 만들었던 모토미야 안과 달리 친구를 위해 흙을 덮고 이름을 적고 글을 써 기린 마음속 묘지를.

고유한 경험은 글을 통해 공유된 체험이 된다. 사쿠라기 시노의 《호텔 로열》이 그런 경우다. 이 연작단편집의 무대는 홋카이도 동부 구시로 시의 습원이 내려다보이는 곳에 위치한 러브호텔인 '호텔 로열'인데, 실제로 사쿠라기 시노의 아버지가 구시로 시내에서 '호텔 로열'이란 러브호텔을 경영했다. 러브호텔이 집이었기 때문에 사쿠라기 시노는 열다섯 살 때부터 객실 청소 등의 일을 거들면서 "미스터리 소설을 결말부터 읽는 것처럼 느닷없이 남녀의 마지막 종착점을 목격해버렸"다. 그리고 사쿠라기 시노는 시간과 공간을 섞어버린다. 호텔 로열에 도착하지조차 않은, 그곳에 대해 알지도 못하는 등장인물들도 연작 단편으로 묶여 있다. 소설을 읽다 보면 러브호텔이라는 무대와 어울리지 않아 보이는 고독하고 쓸쓸하고 슬픈 감정까지 솟아오른다. "나도 가끔은 청소하지 않아도 되는 방에서 마음껏 섹스하고 싶다"는 말에 한숨짓고 공감하는 사람이라면 이 책의 주인공들에 더 감정이입하기 쉬우리라.

경험을 살린 글쓰기 2
피아노 치듯 글쓰기

글 쓰는 일을 오래 하면 할수록 '잘 쓴다'는 말을 하기 어렵다고 느낀다. 못 쓴 글만 눈에 들어와서가 아니다. 글에도 옷 입기와 마찬가지로 TPO가 있는데, 시간, 장소, 경우를 글쓰기에 맞춰 조금 다르게 풀이하면 이렇다. 글을 쓴 시기, 글을 읽는 사람, 글의 목적. 같은 글이라 해도 현실상황에 따라 다르게 읽힐 일을 염두에 두고 현재의 문제에 촉을 세워야 하고, 초등학생이 독자인 글쓰기와 특정 분야의 전문가를 대상으로 하는 글쓰기는 같은 잣대로 평해서는 안 될 일이고, 느낌을 쓸 때와 설명을 할 때, 그리고 비평을 할 때 다른 표현과 다른 문체가 필요하다고 생각한다(논문 같은 경우는 양식이 엄격하게 지켜져야 한다). 그런데 그 모든 것을 염두에 두고 글을 쓴다 하더라도, 어떤 글은 읽는 이의 마음에 깊은 인상을 남기고 공명하며, 어떤 글은 스쳐지나간다. 그 차이는 무엇일까? 피아니스트 손열음의 글을 읽다가 그 답을 얻은 것 같다. 손열음은 음악에서 '잘 된 연주'를 고민하다 이렇게 적었다. 그녀의 피아노 선생님이었던 아리에 바르디의 말을 인용한 것이다.

"선생님은 관객이 집에 돌아가서까지 또렷이 기억해 모든 사람과 공감하고 싶은, 그러나 누구에게도 그것이 무엇이었는지 말로는 설명할 길이 없는 단 한 번의 '매지컬 모먼트'가 있었다면 그 음악회는 성공한 거라 하신다."

오랜 시간 연습을 통해 재능을 다듬고 실수를 줄여 음악이 지닌 가장 근원적인 핵심을 연주로 표현하는 일을 하는 피아니스트의 '잘 된 연주'에 대한 고민을 아직은 서투르고 연습에 게으른 글쓰기를 하는 입장에 적용해 아전인수격으로 풀어내기는 무리가 있을지도 모르지만, 타인이 만들어낸 무엇인가와 소통하는 데 있어 가장 큰 매혹이 바로 그 '마법 같은 순간'의 유무에 있음은 분명해 보인다. 하지만 그 경우 역시도 관객의 반응에 좌우되는 것이니, 연주 자체를 온전히 평가하는 잣대로는 부족함이 있을 수 있다. 그래서 세상에는 평론가가 있는 법이고, 애호가는 자신의 방법으로 예술과 소통하는 법을 찾아간다. 연주하는 입장에서는 그 사이에서 고민을 멈추지 않고 노력을 이어간다. 손열음의 《하노버에서 온 음악편지》를 읽는 재미는 그 노력의 행간을 듣는 데 있다. 클래식 음악에 대한 전문적인 비평서가 세상에는 이미 많지만, 이 글은 어디까지나 연주자의 입장에서 음악을 바라보고 청중을 응시하고 있다. 그녀의 성실함에 귀를 기울이면 오래 한 길을 걷는 사람에게서 느낄 수 있는 자신감이 전달되는 것만 같다.

'우리를 움직이게 만드는 것, 리듬'이라는 글에서 손열음은 자신의 리듬감이 독특하다는 말을 칭찬으로 듣기도 하지만 원래 리듬이야말로 가장 자신 없는 것이었다고 털어놓는다. 이쯤에서 '피아니스트가 박치라는 뜻인가?' 생각하는 사람이라면 조금 더 글을 읽어보시길. "리듬과 박자라는 두 개념은 자주 혼동되지만, 사실은 완전히 다르다. '흐른다'는 뜻의 동사 'rhein'이 어원인 그리스어 'rhythmos'에서 파생된 단어라고 한다." 리듬은 멜로디나 화성이 전혀 없는 자연의 소리(심장 박동, 걸음걸이, 물 흐르는 소리, 동물 울음소리)를 포함한 단순 소음에도 존재한다. 그리고 자신의 리듬감이 마음에 들지 않았던 손열음은 분석을 시작한다. 박자는 잘 맞추는데 사람을 움직이게 하지는 못하는 것 같다.

　　그 이유는 첫째, 덜 쪼개고 덜 채운다는 것. '흐른다'는 원래 뜻에 걸맞도록 최소 단위를 쪼개어 가장 잘게 만든 뒤 최대치로 채워 긴장감의 연속성을 만들면 비로소 리듬이 흥을 띤다. 설명이 어렵다면 그런 단점을 보완하기 위해 손열음이 한 일을 한번 보시라. 그녀는 생활 속에서 쉴 새 없이 손가락을 움직이고 발을 구르며 그 감각을 익히고자 했다. 밥을 먹을 때 젓가락을 두들기고, 얼굴에 화장품을 바르고 두들길 때 리듬감을 생각했다.

　　그런데 더 중요한 게 두 번째 이유였다. "그건 다름 아닌 나의 내성적 성향이었다. 어디서든 남들의 시선에 상관없이 음악에 맞춰 자연스럽게 몸을 흔들어낼 수 있는 성격이 리듬감에 훨씬 유리한 거다."

손열음은 지금까지의 활동보다 앞으로의 연주가 더 기대되는, 이제부터 더 많은 것을 보여주어야 하는 피아니스트다. 이 책에 실린 음악에 대한 그녀의 생각 중에는 시간이 지나고 나면 바뀔 것도 많을지 모른다. 그럼에도 불구하고 자신이 생업으로 하는 일에 대해, 좋아하기 때문에 삶을 건 예술에 대해 멈추지 않고 생각하고 더디더라도 한발 더 내딛으려 노력하는 모습은 생생하게 느껴진다. 내가 하는 일에 얼마나 관심을 기울이고 있고 성실한가를 돌아보게 된다. 《하노버에서 온 음악 편지》는 아름다운 문장이나 인상적인 표현력을 넘어서는 전문 분야에 대한 자신감과 애정이 글을 얼마나 풍부하게 만드는지 알게 해준다.

소재 발전시키기 1

큐레이션의 아름다움

소재를 정했다. 주제를 정했다. 그렇다면 그다음은?

먼저 소재를 중심으로 연관된 이야기감을 찾는 방법이다. 중심 소재를 두고 관련된 정서나 사물, 고유명사, 책이나 영화 등 다양한 것들을 떠오르는 대로 전부 적어보자. '한 핏줄 영화'를 찾는 식으로 관련된 글을 찾아 읽어보자. 다른 사람들은 이 소재를 어떻게 글로 소화하고 있을까? 병렬식으로 가능한 한 많은 정보를 수집하고 그 안에서 길을 찾는 식이다. 특히 좋아하는 것에 대해 쓸 때 이런 방식을 쓰면 재미있는 결과물이 나오곤 한다. 마치 빅데이터를 이용한 큐레이션 서비스 같은 장점과 단점이 있다.

애플뮤직의 한국 서비스가 시작된 뒤 음악 듣는 재미가 커졌다. 그런데 그렇게 열흘쯤 지나자 눈에 익은 곡들만 보였다! 애플뮤직 덕분에 나는, 생각했던 것보다 힙합과 R&B를 많이 듣고, 비발디와 바흐를 비롯한 바로크 시대 건반악기 곡을 좋아하고, 재닛 잭슨과 휘트니 휴스턴, 에이미 그랜트를 비롯한 80년대부터 90년대까지의 여성 팝보컬리스트의 노래를 반복 청취한다는 사실을 알게 되었다. 그 안에서 큐레이션은 아무리 돌고 돌아봤자다. 바다는 넓고 넓다는데 내가 속초 앞바다만 보고 있는 느낌이었다.

큐레이션 서비스는 안전하다. '당신이 좋아할지도 모를' 음악이나 책을, 기존 데이터(유사한 취향을 지닌 다른 유저들의 이용 결과를 포함하는)를 통해 골라준다. 내가 하는 일도 그런 것이다. 책의 분류를 나누고 설명해, 안 읽은 사람들의 선택을 돕는 일. 그런데 그런 것쯤은 숫자와 고유명사에 어두워 다 보고도 검색을 해야 하는 나보다 컴퓨터 쪽이 더 능할 것이다. 오스카 와일드의 《오스카리아나》는 그런 고민의 연장에서 만난 특이한 책이다. 세상 웬만한 명언의 발화자를 찾아보면 열에 두셋은 오스카 와일드라고 한다. 사랑, 결혼, 사회, 정치, 예술 등 말할 수 있는 거의 모든 것에 대해 오스카 와일드는 무릎을 칠 한마디를 했다. 《오스카리아나》는 그중 출처가 명확한 것들을 다시 추리고, 주제별(삶, 사람, 남녀, 사랑, 결혼, 젊음, 노년, 친구, 대화, 쾌락, 문학, 비평, 진실, 거짓, 예술, 역사, 종교, 부, 가난, 아일랜드, 영국인 등)로 나누어 원문(영문)과 번역문을 함께 실었다.

이 책의 장점은 여러 가지가 있는데 첫째로는 오스카 와일드의 말이나 글임을 확인했다는 것(하지만 모든 글에 출처가 적혀 있지는 않은데 권말에 참고문헌은 적혀 있다). 온라인에 떠도는 글 중 출처 불명이거나 심지어 오류가 있는 경우가 많다는 점을 감안하면 비교적 신뢰할 수 있다. 둘째로는 영문이 병기되었다는 것. 원문과 번역문을 비교하는 재미가 있다. 셋째로는, 그 많은 문장들을 범주화해서 꺼내 보기 편하게 했다는 것. 이 점은 앞의 두 장점과 시너지 효과를 일으킨다. 이 와중에 전에 접하지 못했던 수많은 오스카 와일드의 문장을 만나게 된다. 즉 좋아한 것과 좋아할 것을 적절히 섞어 제시해야 하고, 사용이 용이해야 한다.

이 책의 장점과 큐레이션에 대해 모두 적용할 수 있을 만한 말을, 책 안의 오스카 와일드를 인용해보겠다. "대중은 아름다움의 새로운 방식을 몹시 싫어한다. 그래서 그것과 마주칠 때마다 분노하고 당혹해하면서 언제나 바보 같은 두 가지 표현을 사용하곤 한다. 하나는 예술 작품이 도무지 이해가 안 된다는 것이고, 다른 하나는 예술 작품이 지극히 부도덕하다는 것이다. 대중이 예술 작품을 두고 도무지 이해할 수 없다고 할 때는, 예술가가 새로운 무언가를 말했거나 전에 없던 아름다운 작품을 만들어냈음을 의미한다. 또한 대중이 예술 작품을 지극히 부도덕하다고 비난할 때는, 예술가가 사실을 말했거나 그것을 아름다운 작품으로 형상화했음을 의미한다. 전자는 스타일에 관한 것이고, 후자는 소재에 관한 것이다."

'I Remember'라는 주문

이 주문은 두 단어로 이루어져 있다. 영어로 "I remember", 즉 "나는 기억한다"면 충분하다.

화가이자 에세이스트로 60년대 말 활발하게 활동했던 조 브레이너드는 기억과 글쓰기에 시동을 거는 주문, "나는 기억한다"를 발견했고, 이 주문은 이후 미국 전역에서 수많은 글쓰기 강습에서 활용되었다. 책 《나는 기억한다》는 두 번이나 영화로 만들어졌는데 폴 오스터는 그 영화 중 한 편을 제작했으며 "지난 35년 동안 일고여덟 번은 읽었지 싶다"라고 말하기도 했다.

정말 간단하다. 당신은 이제 빈 문서파일을 하나 열어 "나는 기억한다, ~을"이라고 한 문장씩 적어가면 된다. 나의 기록을 만드는 것 이상으로 이 책을 읽어야 하는 이유가 있다면, 그것은 역시 이 방법을 발견한 이의 오리지널리티라고 부를 수 있으려나. "나는 기억한다, 우리 아버지가 가장 좋아하는 영화배우는 리타 헤이워스였던 것을." "나는 기억한다, 금발에 햇빛이 너무 눈부시게 비쳐서 모습을 알아볼 수 없던 여인들을." "나는 기억한다, '역겨운' 농담들을." 기나긴 기억의 파편을 따라가며, 만족, 공포, 수치심 등 한 인간의 삶이 하나의 모자이크처럼 완성된다.

하지 못한 것에 대해 쓰기

무엇에 대해 쓰는 방식 중 하나는 무엇이 되지 못한 것에 대해 쓰는 것이다. 사진에 대한 글 중에《찍지 못한 순간에 관하여》라는 작품이 있는데 딱 그런 경우다. 쓰지 못한 글이나 찍지 못한 영화라면 현실적인 제약이나 능력의 한계를 전제로 하는 경우가 많겠지만 찍지 못한 순간이라면 어떤 순간을 마주한 적이 있으나 그럼에도 불구하고 카메라로 찍지 못했다는 뜻이 포함되어 있다.

〈뉴요커〉부터 〈뉴스위크〉까지 다양한 매체에서 일한 경력의 사진작가 윌 스티어시는 50여 명의 동료들과《찍지 못한 순간에 관하여》라는 책을 냈는데, 여기에는 카메라가 갈 수 있는 세상의 모든 곳, 사적인 곳 혹은 군중 속의 정경, 가난의 얼굴 혹은 블링블링한 현장이 소개된다. 전문적으로 사진을 찍는 사람 역시 낯선 이에게 다가가는 일이 곤혹스러울 때가 있는 모양으로, 실비아 플래치는 〈빌리지 보이스〉를 위해 사진을 찍던 때 동료에게 수시로 "다이앤 아버스라면 진작에 사진을 찍었을 텐데"라는 구박을 받았다고 한다.

그러던 그녀도 9.11의 맨해튼에 있었다. 영화가 아니라 뉴스에서 세계무역센터 건물을 들이받은 여객기를 보여준 그 날 오후, 사진가로서의 충동에 이끌린 그녀는 사건 현장으로 갔다. 42가 아래쪽에 다다라, 온몸에 하얀 가루를 뒤집어 쓴 남자가 인형처럼 기계처럼 공허하게 걷는 모습을 보게 됐다. "그는 우리 모두였다." 그를 찍고 싶었고, 그러기 위해서는 정신없이 걷는 그를 막아서야 했지만, 그렇게 한다는 게 수치스럽게 느껴졌고 옳은 일 같지 않다고 생각했다. 하지만 그 이후 그런 강렬한 이미지는 발견할 수 없었다.

　　누군가는 자살한 딸과 돌아가신 어머니를 떠올리며 한 사내가 우는 순간에 카메라를 들이대지 못했고, 누군가는 첫사랑과 버려진 호텔의 침대 위에 있던 그 순간을 담지 못했고, 몇 명은 아이가 태어나는 순간에 카메라를 내려놓았고, 누군가는 돌아가신 어머니를 찍겠다고 했다가 가족의 반대에 부딪혔으며, 누군가는 아버지가 어머니의 포르노 사진을 찍은 모습을 목격한 일을 기억해냈다.

운동처럼 글쓰기 루틴 만드는 법

글도 운동처럼 꾸준히 쓰면 는다. 물론 이렇게 말하는 나는 운동을 하지 않고 있지만, 그렇다고 한다.

내가 가장 애용하는 글쓰기 루틴은 매일 턱밑에 차오른 마감에 허덕이며 우는 것이다. 편집자에게 "죄송합니다"로 시작하는 메일을 언제 쓸지를 매일 고민하는데, 그 메일을 생각하면 비록 눈물을 흘리더라도 원고를 시작할 수 있게 된다.

마감이 없는 글쓰기를 시작한 사람에게는 일단 뭐든 루틴을 만들라고 권한다. 루틴이든 리추얼이든 뭐라고 부르든 마찬가지다. 글쓰기 전에 하는 준비동작을 만들라는 말이다.

방법1. 장소 만들기. 식탁일 수도 있고 커피숍일 수도 있다. 여기 앉으면 글 쓰는 거야, 라고 생각하는 작업실을 만든다. 물론 이렇게 커피숍에 가서 영원히 친구와 문자를 주고받을 수도 있지만. 안 돼! 그러면 안 된다!

방법2. 시간 정하기. 몇 시간 동안 쓰기, 혹은 몇 시부터 쓰기. 둘 다 도움이 된다. 몇 시간을 낼 수 없는 사람들일수록 이 방법을 선호한다. 새벽에 일찍 일어나 30분이라든가, 자기 전 30분이라는 식으로. 나도 이 방법을 써보려고 노력했는데 도저히 새벽에 일어날 수가 없고 자려고 하면 이미 새벽이 되어 있어서 그만….

방법3. 음악 고르기. 글을 쓸 때 아무 소리도 없어야 하는 사람이 있는가 하면 배경에 어렴풋하게 음악이 있는 쪽을 선호하는 경우도 있다. 아직도 헤비메탈을 큰 소리로 틀어놓고 글을 쓴다는 경우도 봤다. 헤드폰으로 듣는다니 이웃 분들 안심하세요. 나는 여유 있는 마감일 때는 바흐의 음악을 듣는 편이다. 바흐와 그의 시대의 모든 곡을 작업용으로 쓴다. 바흐의 음악을 들으면서, 이런 재능을 가진 사람도 먹고살려고 이렇게 많은 곡을 썼다는 점을 상기하며 스스로를 채찍질한다. 한편 발등에 불이 4/5쯤 붙은 정도로 급한 마감일 때는 음악을 전혀 듣지 못한다. 참고로 지금이 그렇다.

방법4. 손 씻기, 향초 켜기. 글쓰기 전에 손 씻는 작가를 꽤 봤다. 글 쓰는 도구에 대한 존중이라고 한다. 내 노트북 키보드 스킨은 왜 이렇게 때가 꼬질꼬질할까. 이래서 글이 안 써지나. 참고로 향초 켜기는 반쯤은 명상의 용도고 반쯤은 원고가 안 풀려 쌓인 우울을 처리하기 위해서인 것 같다. 아니면 향초를

켜면서 삼신할매에게 기도하는지도. 할매, 글 하나만 후딱 보내줘요.

방법5. 청소하기. 나는 급한 원고가 있을 때 청소 능률이 가장 좋다. 원고도 안 쓰고 청소도 안 하는 날이 더 많지만 그건 나의 개인적인 사정으로 해두자.

방법6. 마감. 글 쓰는 사람들이 가장 큰 도움을 받는 루틴. 마감이 되어야 글을 쓰기 시작하는 마감 중독자들은 증세가 심해지면 마감이 지나야 글을 쓰기 시작한다. 참고로 말하자면, 글 써서 먹고살기 위한 제1의 요령은 마감 지키기다. 어쩌면 마감이 원고를 쓰는지도 모른다.

주제를 중심으로 연관된 화제 찾기

주제와 관련된 하위분류를 적어가며 이슈에 대한 이야기를 이어가는 방식이다. 에세이를 쓸 때 유용하다. 김재용의《엄마의 주례사》는 결혼을 앞둔 딸에게 쓴 글이다. 결혼하는 딸에게 전하고 싶은 이야기라는 큰 주제가 있다면 그 아래에 연결되는 이야기들은 어머니가 경험한 가족의 역사다.

딸 가진 엄마들과 대화를 해보면 나이의 많고 적음을 떠나 '딸의 결혼'에 대해 생각이 복잡하다는 걸 알게 된다. '남들처럼'(한국에서는 가장 중요하다고들 생각하는 가치!) 결혼해서 애 낳고 살면 좋겠다 싶다가도, 세상이 아무리 달라졌다 해도 살림과 육아 때문에 날개를 못 펴지 않을까 하는 근심에 굳이 결혼을 하지 않아도 본인만 행복하다면 좋겠다고 느끼기도 한다. 서른둘과 서른하나 연년생 남매의 어머니이자 33년차 주부(25년은 시집살이)인 김재용의《엄마의 주례사》는 그 두 가지 상반되는 생각 사이에서 딸의 행복을 함께 고민하고 돕고자 하는 노력의 결실이다. "결혼, 내가 생각했던 것과는 많이 달랐어"라고 입을 떼는 이 책은 딸에게 신혼 때부터의 추억을 전한다.

"결혼해서 혼자 있을 때 외로움에 대처할 수 있는 방법을 찾아봐"라고 한 뒤, 자신의 팁을 덧붙인다. "일단 몸을 움직여줘야 해. 난 사우나에 가. 뜨거운 물에 몸을 담그고 있으면 따뜻한 물이 '괜찮다, 괜찮다' 내 몸을 어루만지며 위로해주는 것 같아."

한편으로는 엄마가 나이 들어서 딸에게 해줄 수 있는 결혼에 대한 충고가 이렇게 아프고 어려운 기억들과 그 모든 것을 홀로 씩씩하게 이겨낸 경험담과 의도치 않은 남편과 시집 식구들에 대한 은근한 험담으로 이루어질 수밖에 없는 건지, 하는 생각도 든다. 남편에게 기념일과 선물을 기대하지 말고 자신에게 특별한 선물을 하라는 조언은 지혜로우면서도 슬프다. 딸에게서 "나도 결혼하면 엄마처럼 살 거야"라는 말을 듣는 지은이조차 이럴진대, 딸에게서 "난 결혼하면 엄마같이 살지 않을 거야"를 듣는 엄마들의 결혼생활이란 어떤 것일까. 읽다보면 엄마가 보고 싶어진다. 첫 질문은 "엄마, 엄마는 결혼하고 언제 외로웠어?"가 좋겠다.

주제를 중심으로 연관된 논리 찾기

주제와 관련된 하위분류를 적어가며 이슈에 대한 논리 전개를 펼쳐가는 방식이다. 토론을 위한 글쓰기에서 자주 사용하는 방식인데, 정치적인 이슈와 개인사를 연결 짓는 글에서도 유용하게 쓰인다.

"세기말의 겨울, 저는 몇 해 전부터 친구들을 차례로 잃고 (그런 나이에 접어들었습니다) 울적한 상태였습니다." 소설가 오에 겐자부로가 '그런 나이'에 접어들어서도 변함없이 왕성하게 세상을 향해 발언하고 있음을 알려주는 《말의 정의》는 2006년부터 2012년까지 〈아사히신문〉에 연재한 글을 고쳐 써서 묶은 책이다. 일본에서는 그 이름만 들어도 통용되는 지식인일지라도 한국에서는 각주를 보고도 좀처럼 감을 잡기 어렵기 마련인데, 그런 주변인과의 일화가 꽤 등장한다는 점 때문에 읽기 어려운 대목이 적지 않지만, 반전反戰에 대한 확고한 신념과 글을 쓰고 읽는다는 것에 대한 철학, 머리에 기형을 갖고 태어났지만 음악적 재능을 꽃피운 아들 히카리와의 일화는 언제 어떤 책에서 읽어도 늘 마음 깊이 와닿는다. 상투적인 찬사지만 사실이 그렇다.

제주 4·3사건처럼 오키나와에는 오키나와전戰 당시 일본군이 두 섬의 주민에게 집단자결을 강요한 이른바 '공사共死'가 있었다. 그런데 2006년 일본 문부과학성은 교과서 검정 과정에서 집단자결이 "일본군에 의해 강제되었다"는 기술을 삭제했고 그에 관한 글을 쓴 오에는 재판에 시달리게 되었다. 재판에 오가는 불안으로 시작한 글은 주어 없는 수동형 문장의 탈정치성과 그 위험성에 주목한다. "집단자결로 '내몰린'"이라고 표현한 교과서들을 두루 살핀 뒤, 누가 혹은 무엇이 그들을 내몰았는가, 왜 주어는 사라지고 능동형 문장이 쓰일 수 없는가를 주목해야 한다고 첨언한다. 교과서와 관련된 일본의 논란만큼이나 한국의 상황까지 생각하게 만든다.

또한 젊은 시절에 "너 따위가 루쉰을 떠받들지 않았으면 좋겠다"고 쓰여 있는, 요즘의 악플에 준하는 투서를 받은 일이 등장하는가 하면, 처남이었던 영화감독 이타미 주조가 살아 있던 당시에 대한 추억을 곱씹기도 한다. 어렸을 적에는 곧잘 대화에 참여했던 큰아들 히카리가 이제는 가족과도 자주 말을 섞지는 않지만 특유의 음악적 감수성으로 자신이 잊고 있던 곡을 찾아주어 함께 듣던 밤의 추억은 어떤가. 과장 없이 단정한 문장으로 읽고 쓰고 듣고 말하는 자신의 일상을 전하는 노작가의 행간에서 읽히는 것은 한숨과 회한이 아닌, 확신과 주장이 아닌, 미소와 제안이다. 이쪽에서 기꺼이 마주 잡고 싶게 만드는, 내민 손.

'주제 발전시키기'와 관련해 공교롭게도 나는 둘 다 가족에 관련된 글을 예시로 들었다. 그중 오에 겐자부로는 나카하라 주야의 시 〈봄은 다시 온다고…〉를 인용했다. 나도 사랑해 마지않는 일본 시인인 나카하라 주야는 두 살배기 장남을 잃고 이 시를 썼다. 굳이 부연 설명이 필요하지도 않은, 영영 겨울이 끝나지 않을 듯한 문장이다.

봄은 다시 온다고 하지만
쓰린 이내 마음
봄이 온들 무엇하랴.
그 아이가 살아 돌아오는 것도 아닌데.

꼭 많이 읽는다고 잘 쓰는 건 아니지만

여러 작가들을 인터뷰하며 알게 됐는데, 작가라고 해서 꼭 책을 많이 읽지는 않는다. 많이 읽는다고 좋은 글을 쓴다는 보장은 없다. 하지만 아예 안 읽는다면 애초에 멀쩡한 글을 쓸 확률이 낮아진다. 어휘력이 부족해지고, 가용한 문장의 형태가 단순해진다. 뿌리내리고 살 땅을 찾기 위해 전 세계를 여행하는 기분으로 나는 책을 읽는다. 사랑해 마지않지만 내 것이 될 수 없는 문장을 발견하고 자괴감에 빠지기도 하고, 가끔은 내가 쓴 글을 읽으며 스스로를 기특하게 여기기도 한다. 이런 자기애는 글 쓰는 가장 큰 동력 중 하나다. 물론 글 쓰는 사람은 대체로 자기혐오에 익숙하지만.

독서는 새해 결심이라는 것에 자주 오르곤 한다. 읽어야 할 것을 읽지 않고 있다는 자괴감이 들게 만드는 게 책이라는 의미다. 하지만 그런 결심이야말로 책으로부터 멀어지게 만들지 않나 생각이 들곤 하는데, 한국의 교육제도가 가진 특성상 독서는 '의무'와 '학습'의 영역에 멈춘 모습을 종종 보기 때문이다. 호르헤 루이스 보르헤스는 인터뷰집 《보르헤스의 말》에서 독서에 대해 이렇게 말한다.

"책 읽기를 행복의 한 형태로, 기쁨의 한 형태로 생각해
야 하는 거예요. 우리는 즐거움을 위해 책을 읽어야 해요.
의무적인 독서는 미신 같은 거예요."

그래서 그에게 낙원은, 정원이 아니라 도서관의 형태로 존
재했다.

보르헤스는 1899년 아르헨티나의 부에노스아이레스에
서 태어났고, 1920년대부터 소설과 시, 에세이를 썼고, 1955
년부터 조금씩 시력을 잃었고 결국 실명했다. 《보르헤스의 말》
은 1980년 보르헤스가 미국을 방문했을 때 진행된 여러 인터
뷰를 묶었는데, 인터뷰어, 윌리스 반스톤은 그를 전설 혹은 신
화로 치켜세우고 보르헤스가 그런 표현을 피하려고 노력하는
인상이 드는 대화가 곳곳에서 보인다. 그 기묘한 불일치야말로
이 책을 읽는 재미이며, 대학생 시절 보르헤스의 책을 몇 장
넘겨보다 덮어버린 이들이 다시 보르헤스를 만날 수 있게 해
주는 기묘한 농담이기도 하다.

은유에 대하여

1.

은유에 대해 읽게 되리라고는 전혀 생각하지 못한 책에서 은유에 대해 읽게 되었다. 정재승 박사의 《열두 발자국》이 그 책인데, 아리스토텔레스가 말한 예술이 가진 창조성의 근원이 바로 은유라는 말이다. 'A는 B다'에서 A와 B가 멀리 떨어져 있을수록 훌륭한 은유라고. 이것이 바로 창의적인 사람들의 뇌에서 벌어지는 일이라고. 멀리 떨어진 것들을 연결 지어 문제의 해결책을 찾는 방식인데, 문제가(혹은 문장이) 잘 풀리지 않을 때는 아예 다른 곳으로 시선을 돌려보라는 말이다.

2.

당신이 하는 일이 무엇이든 그것은 완전히 다른 식으로 살아가는 이의 인생을 은유할 수 있는 좋은 사전과도 같다. 살림, 육아, 바둑, 외국어 습득, 정치, 장사, 수영, 야구 등은 '인생'을 은유하기 위해 많은 창작물에 등장한다. 은유라고 하면 구체적인 단어를 떠올릴지도 모르지만, 글 전체가 그렇게 은유로 작동하기도 한다. 그러기 위해서는 '깊게 알기'가 필요하다.

실패한 은유는 안 하느니만 못한 법이다.

3.

은유를 잘하는 작가로는 무라카미 하루키와 레이먼드 챈들러가 자주 꼽힌다. 치즈케이크 모양을 한 가난이라는 표현은, 돈이 없어서 두 철로가 교차하는 지점에 사는 처지에 대해 쓰였고, 봄날의 곰만큼 좋다는 표현은, 봄날의 들판에서 벨벳처럼 털이 부드럽고 눈이 똘망거리는 새끼 곰과 함께 온종일 노는 것처럼 좋아한다는 고백에 쓰였다.

레이먼드 챈들러의 "죽은 사람은 상심한 마음보다도 무겁다"는 말은 또 어떤가.

어떤 표현은 한번 들으면 글을 쓴 사람의 인장과 함께 깊게 남는다. 하지만 산문에서 남발되고 심지어 A와 B를 연결 짓기 위해 설명이 길어지면 안 좋은 인상이 깊게 남는다. 은유를 남발하면 낡은 글의 느낌을 받을 때도 있다. 은유는 아껴 써야 힘을 발휘하는 도구다.

어쨌거나, 인터뷰집 《수리부엉이는 황혼에 날아오른다》를 보면 무라카미 하루키는 그러저러한 이유로 필살 표현을 모아두고 있지 않느냐는 질문을 종종 받는 모양이다. 자연스럽게 떠오르는 것만을 쓸 뿐으로, 따로 모아두는 표현은 없다고 한다.

비판은 누구에게나 힘겹다

"오늘자 〈로스앤젤레스 타임스〉에는 아주 좋은 평론이 실렸더군요. 딱히 내가 어제보다 오늘 더 부패에 정통하게 된 것 같지는 않은데 말이죠. 기자는 험프리 보가트를 주연으로 염두에 둔다는데 나 또한 굉장히 좋아하는 배우예요."

소설가 레이먼드 챈들러가 1939년 2월 19일, 편집자 앨프리드 크노프에게 쓴 편지의 한 구절이다. 챈들러의 출간 목록을 찾아보니 여기서 말하는 책은 《빅 슬립》인 모양으로, 이 영화는 1946년에 하워드 혹스 연출, 험프리 보가트 주연으로 영화화되었다. 한국에서는 〈명탐정 필립〉이라고 소개되었던 그 영화다. 《나는 어떻게 글을 쓰게 되었나》는 레이먼드 챈들러의 서간집인데, 오고 간 편지 모두가 아니라 챈들러가 쓴 편지만을 묶었다. 편지글마다 애초의 편지에는 없었을 스포일러성의 제목이 붙었다는 점은 아쉽지만(마치 업무 메일 같아 보인다 - 상대가 제목만 보고도 열어볼지 말지를 결정할 수 있게 해주는), 그 유혹하는 제목들 덕분에 더 많은 독자들을 끌어들일 수 있다면 좋은 일이겠지.

챈들러는 꽤 솔직하게 이런저런 심경을 편지에 적어 보냈던 것으로 보인다. 자기의 소설을 깎아내린 매체에 대한 화, 새로운 스타일을 모색하는 과정의 열정, 매번 이전 책과 비교해 욕을 하는 독자들에 대한 원망, 무엇보다 시간이 오래 지난 지금까지도 장르소설을 쓰는 작가들이 고민할 법한, '소설'과 장르소설을 차별하는 평론가들에 대한 비판. 예컨대 이런 구절. "구성도 엉망이고 진지한 척이나 하면서 저 멀리 남쪽에서 목화 줍는 무리의 인생을 다루는 작품에는 단® 하고도 반이 넘는 정중한 관심이 주어지는 반면에, 추리소설은 아무리 잘 써도 고작 한 문단으로 다루어질 테니까요."

동료 작가들에 대한 애정 어린 평가도 자주 편지에 썼던 챈들러는, 대실 해밋의 《몰타의 매》에 대해 가해진 공격(단순하고 따분하다)에 대한 반대의견이라든가 글을 더 이상 쓰지 않는 해밋의 심리에 대한 추측, 존 딕슨 카의 글을 읽을 수 없는 이유에 대한 심경고백, F. 스콧 피츠제럴드의 매력에 대한 인정("잘 쓰거나 스타일이 깔끔한 문제가 아닙니다. 그건 일종의 끈끈한 마법이에요. 절제되고 우아하며, 현악 4중주를 듣고서나 느낄 무엇 말입니다"), 그리고 헤밍웨이에 대한 비판("헤밍웨이의 작품은 구십 퍼센트가 빌어먹을 자기 복제예요. 그는 사실상 단 한 작품만 쓴 겁니다. 나머지는 전부 같은 몸에 다른 바지를 입은 거죠. 아니면 바지를 안 입었거나. 게다가 잠자리에서 일어나는 일들에 대한 그 끝없는 집착은 결국에는 좀 구역질이 날 정도입니다") 등 주변에서 일어나는 많은 일들에 말을 아끼지 않았다. 챈들러의 소설을 좋아하는 사람이라면 뜻밖에 그의 수다스러운 면모에 놀랄지도 모르지만, 자신이 창조한 사립탐정 필립 말로에 대해 길게 부연하는 대목을 찬찬히 읽고 있자면 마치 커피 한 잔을 사이에 두고 아는 사람에 대해 웃음 섞인 대화를 나누는 듯한 기분이 절로 든다.

많은 작가들과 작가가 아닌 더 많은 사람들은 검색창에 자기 이름 넣기를 즐긴다. 즐기지 않을 수도 있지만, 여하튼 자주 검색해본다. 그리고 혹평을 하는 이에게 저주를 퍼붓는다. 건설적인 비판이라는 건 타인에 대한 비판에나 적용하는 표현이지, 자신에 대한 비판에는 가차 없다. 영화 별점에 대해 원한을 품은 영화감독들의 웅성웅성을 알면 다들 놀랄 것이다. 몇몇 영화평론가들에 대한 영화감독들의 공통된 비난은 "저 사람이 꼭 영화를 만들었으면 좋겠다"였다. 그러면 자신이 그 영화에 대해 꼭 쓰겠다면서.

프로페셔널조차 자신에 대한 비판은 잘 받아들이지 못한다. 작품에 대한 비판을 개인에 대한 비난으로 여기기도 한다. 그러니 당신의 글이 알뜰살뜰 씹힐 가능성은 글을 쓸 때 어렴풋하게라도 염두에 둘 일이다. 아마도 글을 내놓기 두려운 이유가 바로 이것이겠지만 말이다.

2

보고 읽은 것에 대해 쓰는 연습

상상력이란 기억이다.

제임스 조이스
무라카미 하루키의 《직업으로서의 소설가》에서 재인용

가장 흔하고 쉬운 글, 리뷰

글쓰기라는 인식 없는 가장 흔한 글쓰기 형태는 리뷰가 아닐까 한다. 일단 리뷰는 인터넷쇼핑 시대에 가장 인기 있는 마케팅 수단이다. 포인트를 추가로 주는 쇼핑몰의 리뷰 이벤트로 말하면 나도 참여해본 적이 있다. 100자 안팎인 문장 수준의 글을 쓰는 정도면 충분하니까. 영화나 뮤지컬을 본 뒤 게시판이나 SNS에 올리는 감상평도 비슷하다. 나는 꽤 오래 개인 블로그에 그날 본 야구 경기에 대해 후기를 썼다.

위키피디아를 바탕으로 리뷰가 무엇인지 풀어보자면, 출판물, 서비스, 혹은 회사, 예컨대 영화(영화 리뷰), 비디오 게임(비디오 게임 리뷰), 음악(작곡이나 레코딩 리뷰), 책(책 리뷰)에 대한 평가다. 하드웨어의 경우는 자동차, 가전용품, 혹은 컴퓨터 같은 물건에 대한 평가를 하고, 콘서트나 연극, 전시회 등 행사나 공연에 대한 평가 역시 리뷰라고 한다. 비판적인 평가에 더해, 상대적 가치를 알 수 있게 하는 방식으로 등급을 매기는 일도 가능한데, 그런 일환으로 별점이 자주 쓰인다. 좀 더 느슨하게는, 현재 일어나는 사건이나 유행, 뉴스 아이템에 대해서도 리뷰할 수 있다.

즉, 리뷰는 글의 형식이나 글이 실린 곳과 무관하며, 그 내용이 중요하다.

유사해 보이는 다른 글과 비교하자면, 리뷰는 '소개'라는 정보값이 중요하고, 글 자체가 재미있으면 좋지만 재미가 없다 해도 독자가 원하는 정보가 있다면 충분하다.

비평의 경우는 대상의 특징과 성취에 대해 깊게 파고든다. 전문가들이 비평문을 쓰는 이유는 여기 있는데, 대상 하나만이 아니라 비평대상과 관련된 시대적 맥락이나, 동시대에 존재하는 다른 물건이나 작품과의 비교가 많은 경우 비평에서 중요하게 인정받는다. 잘 쓴 비평문은 그 자체로 창작에 준하는 가치를 갖는다. 여기서 누구를 '전문가'로 인정하는가가 어떤 글을 비평으로 볼 것인지 여부를 정하는데, 만약 군사 영화라고 치면 군사 전문가가 쓸 것인가 혹은 영화 전문가가 쓸 것인가에 따라 글 내용이 달라진다는 점을 쉽게 이해할 수 있으리라. 많은 경우 비평의 대상이 되는 그 자체를 텍스트로 읽어낼 수 있는 사람을 필자로 하는데, 글 분량이 다른 어떤 경우보다도 길다는 특징도 있다. 하지만 글 길이로 비평이 되지는 않으며, 어려운 단어를 나열해 이해하기 어렵다고 비평이 되지도 않는다.

이 책에서 주로 설명하는 리뷰는 앞서 설명한 리뷰에 에세이의 성격을 가미한 글을 뜻한다. 리뷰는 대상을 잘 알게 쓰는 글이고, 에세이는 글을 쓰는 필자를 잘 알게 쓰는 글이다. 요즘 무엇에 '대한' 거의 모든 책은 이렇게 리뷰와 에세이가 섞인 형태를 띤다. 에세이라 해도 리뷰성 글이 섞이고, 리뷰라 해도 에세이성 코멘트가 섞인다. SNS에서 많이 공유되는 글들 역시 그렇다.

책 읽기, 그리고 읽은 책에 대해 쓰기

책을 읽는다. 읽은 책에 대해 쓴다. 이 두 가지는 우리가 학교를 다니면서 가장 이르게 배우는 읽기와 쓰기의 형태 중 하나다. 경험에 감상을 더해 나의 것으로 만드는 과정인데, 처음에는 '좋다' 혹은 '싫다' 정도의 감상을 쓰는 정도에 그치지만, 왜 좋은지(싫은지) 혹은 어떻게 좋은지(싫은지)를 자기성찰적으로 써나갈 수 있게 된다. 읽은 책에 '대해' 말하기로 시작해서 그 책을 둘러싼 것들과 그 책을 읽은 '나라는 인간'에 대해 쓰게 되는 셈이다.

그러려면 읽기가 선행되어야 한다. 읽기의 방법에는 이거다 싶은 단 하나의 정답은 존재하지 않지만, 강조하고 싶은 것은 '나의 방식'을 만들어가는 시행착오의 과정을 거쳐야 한다는 점이다. 그 시작은 책 고르기다. 내가 '나의 목록 만들기'라고 부르는 과정인데, 책을 취사선택하는 단계에서 이미 그 사람의 관심사와 지적 능력이 어느 정도 반영될 수밖에 없기 때문이다. 도서관이나 서점(가능한 규모가 큰 곳을 택할 것)에 가서 한나절 정도를 보내면서 책을 열 권 정도 고른다. 한 번에 열

권도 좋지만, 한 번에 읽을 수 있는 한 권에서 세 권 정도를 몇 번에 나누어 대여/구입하는 일도 좋다.

그렇게 한 뒤에는 책을 읽는데, 읽다가 못 읽겠으면 그만 읽는다. 그리고 다 읽었든 아니든 그 책에 대한 간단한 메모를 한다.

1. 나는 왜 이 책을 끝까지 읽었을까/읽지 못했을까?

2. 나는 왜 이 책을 대여/구입했을까?

3. 이 책을 대여/구입할 때 내가 기대한 것과 이 책이 채워준/ 채워주지 못한 것들은 무엇인가?

4. (책의 완독 여부와 무관하게) 이 책이 내게 도움이 된다고 생각한 점은 무엇인가?

5. (책의 완독 여부와 무관하게) 이 책이 나의 흥미를 끈 부분은 무엇인가?

이런 다섯 가지 지점을 하나씩 생각해본 뒤 다음 책을 고를 때 반영하는 식이다. 뜻밖에도 책을 고를 때 우리는 책의 외적인 환경(표지, 추천사, 판형 등)에 좌우되기 쉬운데 자신의 그런 경향성을 파악하는 데는 경험을 쌓고 실패해보는 것이 가장 확실하다.

'내가 좋아할 만한 책'을 파악하기가 쉬워지면, 그 뒤에는 관심사 깊게 파기와 관심사 넓히기를 양립할 수 있는 책 읽기를 권한다. 그리고 '넓히기' 위한 '깊게 파기'의 방식으로 좋은 일은 역시 읽은 책에 대해 글을 쓰는 것이다.

시라토리 하루히코는 《지성만이 무기다》라는 책에서 읽기에서 시작하는 어른들의 공부법을 소개한다. 타인의 시선과 가치관에 휘둘리는 사람들에게 필요한 것이 독서라는 게 그의 생각. "독서가 수동적인 것이 아니라 적극적인 작업인 이유는 반드시 뇌의 작동이 필요하기 때문이다. 뭔가를 간파한다는 것은 더욱 고도한 작업이다. 독서가 인간의 머리를 활발하게 만드는 것은 이 간파라는 형태로 생각하기 때문이다. 물론 일상생활에서도 무의식적으로 간파를 행할 수 있다. 타인의 일상적인 언어 구사 방식, 태도, 표정, 행동에서도 그 안에 숨어 있을 법한 뭔가를 간파할 수 있지 않은가."

극장에 두 시간 앉아 있는 것만으로도 영화의 내용을 추리는 데는 별 문제가 없다. 아주 내용이 복잡한 영화라고 해도 눈앞을 스쳐가는 이미지에 대해 할 말은 있기 마련이다. 책에 대해서라면 그렇지 않다. 타인이 직조한 세계를 자기 힘으로 끝까지 읽어낼 수 있어야 하고, 그것은 어느 정도의 자발성과 문해력을 동반해야 가능한 일이다. 때로는 자신의 경험을 정확하게 인지하고 타인에게 전달하는 능력을 갖추는 방법 또한 읽기와 쓰기에서 비롯한다. 경험을 언어화한다는 것은 1인 칭에서 3인칭으로 화자의 시점을 옮기는 일이며 객관화한다는 뜻이 된다.

완독하기

읽기를 강화하는 책 리뷰 쓰는 방법은, 그렇다면 어떤 것일까. 무엇보다 먼저, 책을 다 읽는다. 소설이 아니라면 대체로 서문과 맺는 말 부분에 책의 전체 내용이 요약되어 있지만, 책의 본문은 그 핵심을 뒷받침하는 구체적인 사례로 이루어진다. '왜' 그런 주장을 하는지, 혹은 '어떻게' 그런 주장이 가능해지는지를 파악해야 그 내용을 받아들이거나 반박하는 일이 가능해진다. 책을 읽는 과정에서 중요하거나 인상적인 부분을 따로 메모하거나 자신이 알아보기 좋은 방식으로 표시해둔다.

요약하기

그다음으로는 책의 내용을 요약한다. 단행본 한 권 분량의 책이라면 최소한 A4 반 페이지, 길게는 A4 10장 정도로 정리한다. 책의 모든 부분을 기계적으로 축약하는 식이 아니라, 읽으면서 특히 중요하다고 생각되거나 자신이 읽으면서 설득된 부분을 중심으로 적는다. 비소설이라면 그야말로 책의 내용을 요약하는 셈이 될 것이고, 소설이라면 일종의 다시 쓰기가 필요해진다. 소설이 채택한 이야기 순서를 따라 적을지, 아니면 사건의 순서대로 다시 구성해서 써볼지는 자신이 판단할 것. 다만 일차적으로 요약하는 과정에서는 스포일러에 해당하는 부분도 꼼꼼하게 적어본다.

나와 연결 짓기

책을 읽으면서 좋았던 이유, 책을 끝까지 읽을 수 있었던 나와의 접점에 대해 적어본다. 현재 나의 어떤 관심사와 맞닿았기 때문에 끝까지 읽는 일이 가능했는지를 생각할 수 있는 방법이다. 작가의 문장이 잘 읽히기 때문일 수도 있고, 내가 앞으로 파고 싶은 주제를 다루고 있어서일 수도 있다. 나의 고민이나 관심사와 관련이 있다면 그것이 어떤 것이며 책이 어떤 도움이나 제안을 하고 있는지 생각해본다.

'나의 전공분야 밝히기'는 내 글에 대한 신뢰도를 높일 수 있는 유효한 방법인 동시에, 독자가 나와의 접점을 느끼게 돕는 방법이 되기도 한다.

세상과 연결 짓기

이 책과 관련된 다른 책, 영화, 음악, 뉴스를 찾아본다. 작가의 이력에 관한 정보일 수도 있고, 유사한 주제를 다룬 책이나 영화에 대한 이야기일 수도 있다. 현재 이슈가 되는 사회적 문제에 대한 관련 정보가 될 수도 있다. 개인의 '감상'에서 한

걸음 더 나아가 타인과 소통이 가능한 '이슈에 대해 쓰기'는 이렇게 가능해진다.

리뷰 쓰기

여기까지 정리한 뒤 책에 대해 쓰기를 시작하는데, 무엇보다 먼저 어떤 방식으로 서두를 시작할지 생각해본다. 위에 정리한 여러 가지 중에서 읽는 사람의 관심을 끌 만한 첫 도입부는 무엇이 될지 생각한다. 리뷰는 나 자신을 위한 글이기도 하지만 대체로 독자를 상정하고 쓰는 '전달하는 글'이 되기 때문에, 어떤 도입부가 좋을지 결정한다. 책 속의 핵심적인 한 문장이 될 수도 있고, 주인공의 특이한 경험에 대한 묘사가 될 수도 있다.

시작하는 부분을 결정짓기가 어렵다면 일단 책에 대해 여러 가지를 늘어놓는 방식으로 시작한 뒤 퇴고하는 과정에서 앞으로 내세울 부분을 결정해도 좋다.

책 내용의 요약, 책이 주장하는 내용, 저자의 관점이 지닌 특징, 책 구성상의 장/단점, 책 내용 일부 발췌 등 책과 관련된 여러 요소 중 그 책에서 꼭 언급해야 할 것을 골라 정리한다. 책의 외부에 있는 인물이나 사건과 연결 지을 경우, 그 이유를 명시한다.

책을 읽으면서 좋았던 점이나 아쉬웠던 점에 대해 정리한다. 장점과 단점을 '골고루' 적으라는 말이 아니라, 더 지배적이고 중요한 것을 선택해 자신의 주장을 뒷받침하는 책 속 내용과 연결 지어 설명하기 위해 노력한다.

글을 일단 한 번 쓴 뒤 퇴고한다. 퇴고하는 과정에서는 글의 분량을 정하고, 책에 등장하는 인명이나 지명 등 고유명사에 오류가 없는지 확인하는 과정을 반드시 거친다. 도입부와 결말 부분도 손을 본다. 도입부는 그 뒤의 글을 읽고 싶은 호기심을 유발하는 내용인 것이 좋고, 맺는 부분에서는 애매한 양비론이나 '교훈'을 피하기 위해 주의하라. 어떻게 맺는 게 좋을지 확신이 서지 않아 힘들다면, 앞서 책을 읽고 정리한 것들을 다시 살펴보며 이 책에 걸맞은 맺음말이 무엇일지 판단한다. 두 가지 이상의 결말로 글을 맺어보고 그중 하나를 남기는 방식도 권한다.

리뷰 쓰기 좋은 작품은 따로 있다?

연예인이나 매체 종사자들 사이에서 흔한 농담이 하나 있다. 무플보다 악플이 낫다.

정말 그런가? 나는 무플이 낫다고 생각한다.

리플 많이 달기 이벤트 같은 걸 하면 또 괴로운 리플 유형이 하나 생긴다.

"잘 보고 가요~"

물결표시를 다들 왜 다는지는 모르겠지만, 여하튼 물결표시까지가 세트다. 무플과 다를 바가 없다.

리뷰 쓰기 좋은 작품을 이야기하며 리플 이야기로 시작한 것은, 리뷰가 많은 경우 남에게 읽히기 위한 후기 성격을 지니기 때문이다. 그냥 혼자 기록하기 위해 쓰는 경우도 분명 존재하지만, 일기장 대신 SNS를 사용하는 현대인에게 리뷰는 많이 공유되거나 악플을 몰고다니는 결과로 이어지곤 한다. 리뷰 쓰기 좋다는 말에는 두 가지 의미가 있는데, 하나는 필자 입장에서 쓰기 좋다는 뜻이고, 다른 하나는 글이 반응을 얻기 쉬워서 쓰기 좋다는 뜻이다. 리뷰 쓰기를 금전적 이득을 얻는 일로 연결 짓는 게 가능해진 요즘이라면 당연히 '반응'이 리뷰 대상 선정에서 중요할 수밖에 없다.

그러면 리뷰 쓰기 좋은 대상은 어떤 것일까.

첫 번째, 내게 의미가 있고 생각하고 싶은 이슈가 있어서 리뷰를 쓰고 싶어진 대상이 있다. 50년 전 영화를 다시 보다가, 300년 전에 쓰인 책을 읽다가 관련한 글을 쓰고 싶어질 때가 있다. 이 작품을 아는 사람보다 모르는 사람이 몇억 배 많다 해도 리뷰를 쓰고 싶을 때가 있다. 그 글은 다른 누구도 아닌 나 자신을 위한 글이 될 것이며, 운이 좋다면 그 작품으로 다른 사람들을 안내하는 일이 가능해지리라. 그렇게 '재발견'되는 작품들이, 세상에는 많이 있다. 타인의 관심은 부차적일 뿐으로 일단 나 자신을 위한 리뷰글이 되는 셈이다.

두 번째, 소수의 사람들이라도 반드시 관심을 보이는 이들이 있다면, 그 리뷰는 반드시 읽힌다고 해도 좋다. 폭넓은 소비층이 아니어도 소수의 확실한 팬덤이 있다면, 열성적인 검색을 통해 당신의 글은 독자를 확보하게 된다. 어쩌면 당신 자신이 그런 소수의 충실한 팬덤에 속해 있을지도 모르겠다. 2차 창작, 팬아트는 특정 작품을 완전히 숙지한 사람들이 즐기는 고도의 리뷰 행위이기도 하다. 당신의 글에 앞으로 꾸준히 관심을 가질 독자를 얻기에 좋은 소재 선정일 수 있다.

세 번째, 많은 사람이 관심을 보이는 작품이라면 일단 리뷰의 노출 횟수만큼은 보장할 수 있다. 개봉 첫 주에 1위 하는 영화라든가, 출간 직후에 일간지 여러 곳에 리뷰가 실리거나 작가 인터뷰가 실리는 책, 베스트셀러 1위를 하는 책이 대표적이다. 많이 팔리는 물건이라면 그만큼 많은 사람이 검색한다는 뜻이다.

리뷰를 쓰는 동기에 따라서 아이템 선정도 달라진다는 말이다. 리뷰만 쓰면 포인트를 주는 이벤트 참여자는 "재미있어요~"라고 쓰지만, 잘 쓴 리뷰를 선정해 상품을 증정하는 이벤트 참여자는 훨씬 길고 자세하게 리뷰를 작성한다. 논문 작성이나 저술 작업을 위해 자기 자신을 위한 자료 작성의 일환으로 리뷰를 쓴다면 문장을 공들여 쓰기보다는 요점을 중심으로 간단히 작성할 확률이 높으며, 매체에 내는 리뷰를 쓰는 기자나 평론가는 해당 매체의 성격을 감안해 글의 난이도를 조정한다.

이 모든 이야기와 별개로, 단순히 어떤 작품이나 물건이 좋아서 그것에 대해 써보고 싶다고 생각하게 되는 경우가 있다. 쓰고 싶어서 시작하는 작업 말이다. 좋은 예술작품은 무엇인가에 대해 묻는다면 사람마다 생각이 다르리라 예상하지만, 생각을 풍부하게 만드는 작품이 그렇다. 선악이 단순하거나 호

오가 간단히 갈리지 않으며, 작품의 여러 요소가 유기적으로 작동해 이야기나 정서를 효율적으로 전달한다면, 내가 본 것이 무엇이며 내 경험이 어떤 의미인지를 알기 위한 탐색 과정으로 글쓰기가 필요해지기도 한다.

영혼과 관련되었다고 믿고 싶은 것들이 사실 그 무엇보다 돈과 깊은 관련이 있는 경우가 많다. 대표적으로 취향이 그럴 텐데, 마치 타고난 어떤 것인 양 포장되곤 하지만 돈이 가져다주는 '구매 가능함'의 너른 정도가 경험의 폭을 결정짓고, 결국 취향이라는 모호한 무엇을 형성한다. 《디자인의 탄생》은 18세기 중엽부터 현재까지 주요한 디자인의 특징들을 순례한다. 그리고 디자인이 탄생하고 변신하고 진화하는 매 순간, 자본과 생산성의 변화가 어떤 식으로 대중의 취향에 관여하는지를 꼼꼼하게 드러낸다.

코코 샤넬에 할애된 네 페이지에서 가장 강렬한 것은 한 페이지 전체를 차지하는 마릴린 먼로 사진이다. 아마 광고 비주얼로 쓰였을 이 사진에서 먼로는, 눈을 내리깔고 한쪽 어깨를 타고내린 슬립은 무시한 채 손가락을 느슨하게 펴고 샤넬 넘버 5를 가슴골에 바르고 있다. 사진 한 장을 설명하는 데 수많은 언어는 그저 부족할 뿐이고, 헤어스타일, 손동작, 향수병, 표정, 메이크업… 디자인은 그 모든 요소의 선택과 배치를 은근하게 매듭지어 영원불멸의 이미지로 신화화하고, 마침내 누군가가 지갑을 여는 행위까지를 이끌어낸다. 그러니 지금 주위를 둘러보시라. 그저 좋아서 샀다고 생각한 책의 표지를, 향이 구매 결정을 내린 이유였다고 생각했던 향수병 목에 묶인 리본의 색깔을, 소재를 생각하면 약간 웃돈을 준 감이 있는 램프의 갓 디자인을. 그렇게 당신을 둘러싼 것들의 역사를 추적하는 일이, 리뷰 쓰기가 되기도 한다.

망작 리뷰

헐!

앗!

ㅋㅋㅋ

존맛

대박템

을 비롯해 욕설로 시작하는 수많은 리뷰성 글이 있고, 그 글이 열심히 쓴 수많은 글보다 더 많이 읽힌다. 뭐가 좋고 말고를 떠나 현실이 그렇다. 인터넷을 이용한 리뷰 마케팅이 흥하는 것도 한눈에 들어오는 욕설과 느낌표 잔뜩인 글의 경우가 많다.

그리고 정말이지 많은 사람들이 '망했다'는 내용의 글을 좋아한다. 맛집보다 맛없는 집, 흥한 가게보다 망한 가게, 명작보다 망작에 대한 글을 좋아한다. 망작에 대한 글이라면 아무리 길어도 열심히 읽는다.

이것은 《안나 카레니나》의 첫 문장 같은 현상이다.

"행복한 가정은 모두 엇비슷하고 불행한 가정은 불행한

이유가 제각각 다르다."

명작이 훌륭한 이유는 이것저것 다 잘해서 그렇다. 하지만 망작이 엉망인 이유는 이것저것 다 개성 있게 못해서 그렇다. 들어도 들어도 짜릿하고 새롭다. 거기에 남의 불행을 보고 즐거워하는 '샤덴프로이데'가 더해져 읽는 즐거움을 배가한다.

망작 리뷰는 정말이지 독자를 몰고 다니는 글쓰기다. 타인 비평이 그렇듯, 다른 사람이 뭘 못하는 이야기를 하나씩 들춰 가며 비웃는 일은 쓰면서도 ㅋㅋㅋ이고 읽으면서도 ㅋㅋㅋ이다. 심지어 다른 사람들도 재미있게 읽을 확률이 높다.

하지만, 반응만을 생각하고 '까내리는 일'에 재미를 들이고 나면 반응이 더딘 '장점 발견하는 일'에 노력을 기울이기가 점점 어려워진다. 언제나 악플은 주목을 받는다. 더 주목받으려면 더 강한 표현이 필요해진다.

최근의 화두. 좋아하지만 훌륭하다고 생각하지 않을 수 있을까. 영화와 책의 만듦새에 대해, 해석에 대해, 취향에 대해 끊임없이 말하고 쓰는 일을 업으로 하고 있다 보면 겪게 되는 존재론적 고민이다. 예술작품은, 나름의 질서를 갖춘 소우주다. 잘 만들어졌다고 좋아하게 되는 일은 많지만, 꼭 그런 일이 벌어지는 것만은 아니다. 엉망인데 좋아 죽을 지경일 때도 있었고, 끔찍하게 싫은데 완성도는 높아 원한에 가까울 정도의 불호不好의 감정에 시달리는 일도 있다. 어느 하나로 딱 잘라 이게 이렇다고 말할 수 있다면 참 좋겠지만, 경험을 쌓아갈수록 알게 되는 건 그러기가 어렵다는 사실뿐이다. '모두 나쁘다', '원래 그렇다'의 함정에 빠지지 않고 내가 지향하는 방향을 지키기 위해 노력할 뿐.

결혼해라 말아라 쉽게 결론짓지 않고 혼자 살며 늙는 일의 복잡한 결을 살렸다. 다카기 나오코의 《혼자 살아보니 괜찮아》 얘기다. 혼자 살아보니 좋은 점과 안 좋은 점이 뭐냐 묻는 주변 사람들에게 장단점을 답하는 일화를 보면, 역시 독신은 좋은 것도 나쁜 것도 아니다. 모르긴 해도 결혼 생활 역시 그럴 것이다. 좋기도 하고 나쁘기도 하겠지. '그리고 영원히 행복하게 살았습니다'의 비법이 있을 것 같지만, 애석하게도 그런 건 없다. 잘 만든 영화라고 좋아하게 되지 않고, 문장이 엉망인 소설이라고 무조건 싫어하게 되지도 않으며, 사랑하는 사람이라고 인격적으로 훌륭하라는 법은 없다. 탁묘(고양이를 다른 사람의 집에 맡기거나 맡게 되는 것)로 고양이를 맡았던 일화만 해도 그렇다. 고양이가 있어 행복하지만 고양이가 돌아간 뒤에도 고양이 털을 계속 치워야 하는 상황은 만만치 않다. 결론; 다음에도 탁묘 제안이 온다면 기쁘게 받겠지만 아직 고양이와 함께 살기는 어렵겠다. 장점과 단점, 좋은 점과 싫은 점, 가능한 것과 불가능한 것. 그 모두를 사안별로 생각한다.

《혼자 살아보니 괜찮아》는 독신 예찬이 아니다. 독신 탈출기도 아니다. 마흔이 넘은 나이에 무너지는 체력과 씨름하고 먹고살기 위해 애쓰는 내용이 전부다. 그 와중에 일본과 한국이 어찌나 닮은꼴인지 읽는 내내 웃었다. 작품성이 뛰어나냐고 묻는다면 고개를 갸웃할 테지만, 읽는 내내 웃기고 공감하게 만드는 것이야말로 코믹 에세이 장르에서 작품성이라고 부를 만한 덕목이다. 아, 한국과 일본이 똑같은 에피소드 중 하나. 바로 세일즈 전화와 관련해서다. 개인정보가 착실히 유출된 덕에 "사모님(어머님)~"하고 전화가 걸려올 때가 있다. 나는 다카기 나오코처럼, "사모님(어머님) 아닙니다" 하고 대응하는데, 그러면 상대는 "누님(고객님)~"으로 말을 바꾼다. "남편도, 아이도, 조카도 없으며, 조부모님도 부모님도 돌아가셨습니다"까지 얘기하고 나면 가끔 저쪽의 사람이 한숨을 쉰다. 같은 독신이라 해도, 중년의 남성은 보통 "선생님"이라는 호칭을 듣는다. 여성을 부를 땐 어머니, 사모님 같은 '관계성' 안의 호칭만을 듣는 것. 같은 독신에 대한 글 같아도 여성끼리 주고받을 이야기가 더 있을 수밖에 없다. 다카기 나오코는 누군가의 아내로 살지 않고 존재하는 법에 대해 유쾌하게 돌아보게 만든다.

작품의 첫인상을 소중히

주의사항: 남의 글을 정리하는 습관 없애기

글을 써오라고 하면 검색부터 하는 경우를 많이 본다. 리뷰의 경우 가장 흔한 패턴은 '줄거리 요약-관련 정보 나열-작품의 좋은 점-아쉬운 점-작품의 의의'다.

나는 이런 글쓰기를 비빔밥식 글쓰기라고 부르는데, 재료를 적당히 손질해 넣은 다음 고추장과 참기름을 팍팍 넣어 완성하는 식으로, 평균적인 맛에 머물기 때문이다. 뭐가 문제인지 지적하기도 쉽지 않다. 부족한 점은 없다. 하지만 개성이라고는 찾을 수 없고, 더 크게는 글의 필자가 왜 이 글을 썼는지 알기 어렵다는 데 있다. 주장이나 의견이 없이 적당한 수준의 정보만이 존재하는데, 그런 글이라면 당신의 글 말고도 수없는 글이 포털사이트 검색 한 번으로 뜬다.

그럼에도 불구하고 작품에 대한 정보나 의견을 검색하고 취합해서 '모든 재료 갖추기'식 글쓰기가 널리 퍼진 것은 아마도 글에 점수를 매기는 사람들이 '감점 요소'라고 생각하는 사안을 방어하는 안전한 글쓰기가 가능해서인 듯하다. 손맛으로 요리하는 시대는 갔다. 전부 다 넣어본다. 2010년대 한국영화의 가장 큰 문제라고들 하는 '세 번 웃고 한 번 울린다' 같은 서사 레시피도 그렇게 태어났다. 시나리오의 여러 요소를 세밀하게 나눠 점수로 계량화한다. 그렇게 평균이 높은 작품들이 제작된다. 얼핏 보면 모니터한 사람들이 더 좋게 본 작품 순서로 작품화가 이루어지니 합리적으로 보이지만 그렇게 간단한 문제가 아니다. 작품의 완성도도, 흥행도, 일률로 세울 수 있는 하나의 기준이 존재하지 않는다. 하물며 '평균을 내 가장 높은 점수를 받은' 같은 요소는, 실제 퍼포먼스 과정에서 사정없이 흩어진다.

다시 리뷰 이야기로 돌아가서, 글을 읽을 때 '왜 이 리뷰를 쓰는지' 알 수 없는 글이어서는 곤란하다. 그러기 위해, 리뷰를 쓸 때 대상의 '첫인상'을 소중히 하면 좋다. 검색을 먼저 하지 말고, 그 작품이나 대상에 대해 어떤 인상을 받았는지를 먼저 적어둔다. 핸드폰 메모장도 좋고, 메일의 '내게 쓰기'를 활용해도 좋다.

연습이 충분해지기 전에는 모호하거나 지나치게 넓은 범주의 표현만이 떠오르게 되어 있다. 재미있다, 재미없다. 맛있다, 맛없다. 좋다, 별로다, 싫다. 거기서 시작해서 구체적인 표현들을 생각해나간다. 재미있다- 왜? 재미없다- 무엇이? 맛있다- 어떻게? 이렇게 인상을 가능한 한 구체화시킬 수 있는 질문을 던지는 방법이 하나 있고, 또 다른 방법이라면 기억에 남는 요소들을 먼저 적어봐도 좋다. 영화라면 기억에 남는 장면, 마음에 와닿은 대사, 황당했던 부분, 인상적이었던 음악 등을 기억나는 대로 적어본다. 경험이 끝난 뒤 기억해내고 정리하는 일 역시 연습과 함께 능숙해진다.

다른 사람의 언어로 정리된 글을 보기 전에 내 경험을 글로 옮기는 데는 용기가 필요하다. '괜찮았다'고 생각한 영화에 대한 글을 쓰려고 검색을 먼저 한 뒤, 악평이 그득하면 생각을 바꾸는 경우가 적지 않다. 그리고 다른 사람들의 의견에 충실한 글을 쓰고 나면 그것이 자기 자신의 생각으로 기록에 남게 된다.

검색하기 전에, 기록을 남긴다. '나'의 경험이 반영된 리뷰 쓰기의 가장 중요한 점이다.

한 권의 책, 두 가지 리뷰

나는 안녕달 작가의 그림책을 좋아하는데, 그중에서도 《할머니의 여름휴가》라는 동화책을 알게 된 뒤로는 찌는 듯 무더운 여름날에 몇 번이고 읽는다. 이 책에 대해서는 라디오 프로그램 책 소개 코너에서 말한 적이 있는데, 리뷰도 두 번이나 썼다. 같은 책에 대한 이야기지만, '그림책'이라는 데 초점을 맞춰서 한 번, 그리고 《할머니의 여름휴가》에만 초점을 맞춰 이야기 중심으로 풀어내 한 번 썼다.

예시1. 그림책의 매력에 대하여

내게는 소원이라고 부를 만한 것 중에 그림책 만들기가 있다. 오랫동안 책을 끼고 살아온 나에게 그림책은 책의 물성을 가장 완벽하게 구현하는 방법이다. 종이, 인쇄, 텍스트의 배치법과 컬러, 그야말로 빈칸을 채우며 상상해가는 독서다. 아니, 여기에 빈칸은 없다. 그저 여백이 있다. 아니, 이것은 여백이라고 불러서는 안 된다.

코랄리 빅포드 스미스의 그림책 《여우와 별》은 지난해 런던으로 여행 갔던 때, 내가 들렀던 '모든' 서점의 가장 좋은 자리에 놓였던 작품이다. 코랄리 빅포드 스미스는 영국 펭귄북스의 디자이너로, '펭귄 하드커버 클래식' 시리즈를 디자인했고, 나는 오로지 그 표지가 좋아서 이미 가지고 있는 책을 다시 사기도 했으니 《여우와 별》에 매혹된 것은 놀랄 일이 아닐 것이다. 깊고 어두운 숲 속에 여우가 살았다. 겁 많은 여우에게 친구는 오직 하나, 별뿐이었다. 그러던 어느 날 별이 사라졌고, 여우는 별을 찾아나선다. 내용은 이게 전부고, 내용은 《여우와 별》에 대해 말할 수 있는 580가지 중에 다섯 가지 정도만을 알려줄 뿐이다. 여우가 토끼를 만나는 장면에서, 어떻게 숲속 풀잎의 패턴 사이 여백에서 귀를 쫑긋하고 있는지 말로 충분히 설명할 수 있을까. 두 페이지 가득 클로즈업된 여우의 두 눈동자에 눈부처처럼 들어앉은 별이 얼마나 빛나는지 어떤 문장으로 묘사할 수 있을까. 겁 많은 어린 여우를 숲에서 끌어내는 데 필요한 것은 무엇일까. 책을 다 읽고 나서 생각에 잠기게 되지만(그렇다, 이 대목에서 누구나 여우와 자기 자신을 동일시하게 된다, 여우가 더 사랑스럽지만), 몇 안 되는 글줄을 더듬으며 책장을 손으로 쓸어내리며 몇 번이고 책을 들추게 되는 것은 그저 아름답기 때문이다. 모든 페이지와 글이 들어앉은 자리들이.

　　안녕달의 《할머니의 여름휴가》도 같이 권하고 싶은 그림책이다. 그림책이고 제목에 '할머니'가 들어가면, 어쩐지 벌써 코끝이 시큰해지는 기분이 드는지? 그러지 말자. 이 작품의 주인공은 개와 둘이 사는 노년의 여성이다. 멀리 떠나는 일도 여의치 않아 보이는 그녀가 보내는 어느 신기한 여름휴가의 이야기가 바닷가를 배경으로 펼쳐질 때, 책 속으로 들어가 그 옆에 눕고 싶다는 신기한 기분에 사로잡힌다. 같은 장소, 그러니까 할머니의 거실 풍경이 처음 등장할 때와 마지막으로 등장할 때, 두 그림 사이에 크게 다르게 묘사되는 부분이 있고 그 차이 역시 말로 설명하기 어렵다. 혼자 살아가는 도시 사람의 노년의 모습을 담은 작품 중에서 《할머니의 여름휴가》처럼 신나는 기분을 느끼게 한 일이 또 있던가.

두 그림책은 판형이 다르다. 대체로 그림책들은 제각각 자기 이야기에 맞는 판형으로 만들어진다. 그마저 이야기의 일부다. 어찌 좋아하지 않을 수 있겠는가, 그림책.

예시2. 《할머니의 여름휴가》에 대하여

안녕달 작가의 그림책 《할머니의 여름휴가》를 펼치면, 두 페이지 가득 할머니의 집안 풍경이 보인다. 여기 있는 소리라고는 '윙윙윙윙윙' 하며 거실에 앉은 할머니 앞에서 힘겹게 돌아가고 있는 낡은 선풍기에서 나는 소음과 '할할' 하며 숨을 몰아쉬는 할머니 옆의 개가 내는 소리뿐이다. 더위 때문인지

미닫이문은 활짝 열려 있고, 그 밖으로 할머니가 화분들에 가꾼 작은 텃밭이 보이고 저 멀리 아파트 단지엔 껑충한 건물들이 서 있다. 이제 막 식사 준비를 마치고 앉은 할머니 앞에는 식사 전으로 보이는 밥상이 놓여 있다. 거실 벽에는 할아버지를 비롯한 가족이 모두 함께 찍은 사진이며 손자 사진들이 걸려 있고, 그 아래는 꽃이 핀 화분이 있다. 침실에는 이부자리가 깔끔하게 개켜져 3단 장 위에 놓여 있다. 그리고 다음 페이지에서, "띵동!" 하고 초인종이 울린다. 개는 신이 나서 먼저 달려나가고 할머니의 얼굴에 환한 웃음이 피어오른다. 며느리와 손자가 방문했다. 할머니가 손자에게 음료수를 꺼내주는 사이, 손자는 바다에 다녀온 자랑을 늘어놓는다. "엄마, 할머니랑 또 가요!" "할머니는 힘들어서 못 가신다니까." 그 말을 들은 손자는 주머니에서 소라를 꺼내 건넨다. "바닷소리를 들려 드릴게요."

할머니와 함께 여름휴가를 보내자는 약속을 결국 지키지 못한 사람이라면, 이 단계에서 이미 죄책감 어린 뭉클함을 느낄 것이다. 나는 그랬다. 좋은 곳에 가서 좋아하는 할머니 생각을 하는 일은 쉽지만, 거동이 쉽지 않은 할머니를 모시고 실제로 여행을 다녀오는 일은 만만하지 않다. 그런 세상사를 알기엔 너무 어린 손자는 할머니 귀에 소라를 가져다댄다. "파도소리도 들려요? 갈매기 소리는요?" 그리고 손자는 엄마 손을 잡고 집으로 돌아가며 할머니 손에 소라를 건넨다. "할머니,

선물이에요! 더울 때 들으면 시원해질 거예요." 집 안은 다시 조용해진다. TV 앞에 앉은 할머니 옆에는 다시 선풍기와 개만 남았다.

　바람도 불지 않는 오후, 소라 안에서 작은 게가 게걸음으로 나온다. 개는 게를 잡으려다가 소라 안으로 들어간다. 그리고 다시 게를 따라 소라 밖으로 나온다. 할머니는 개를 두 손으로 안아든다. "소라 안으로 들어갔다 온 메리의 몸에서 바다 냄새가 났습니다." 그리고 할머니는 휴가를 떠날 준비를 시작한다. 옛날 수영복, 커다란 양산, 가벼운 돗자리, 수박 반쪽을 들고 "할머니와 메리는 소라 안으로 들어갔어요."

　그림책 《수박 수영장》을 펴내기도 했던 안녕달 작가는, 이번 책에서 혼자 살고 있는 나이 든 여성을 주인공으로 근사한 판타지를 펼쳐 보인다. 할머니가 메리와 함께 바다에서 보내는 휴가를 그림으로 보고 있는 것만으로도 현실의 무더위가 살짝 가시고 입가에 미소가 맺힌다. 아마도 이것은, 할머니를 두고 휴가를 떠났던 세상 모든 손자 손녀들의 바람이기도 할 것이다. 마지막 장면이 첫 장면과 같으면서도 완전히 다른 장면이 되는 마법. 누구라도 사랑하지 않기가 어려울 그림책이다.

영화 리뷰 쓰기의 기본

영화를 본다.

가장 중요한 '경험하기'다. 적지 않은 사람들이 굳이 보거나 읽지 않고 리뷰를 쓰고자 한다. 최소한 직접 보는 경험은 굉장히 중요한데, 줄거리 요약이 작품이 되지 않으며, 다른 이들이 말한 것과 다른 경험을 할 수도 있어서다. 책이라면 쉬엄쉬엄 읽는 일이 큰 해가 되지 않겠으나, 영화의 경우는 가능하면 한 호흡으로 보려고 노력한다. 집에서 보는 경우라 해도 가능한 멈추지 않고 보라는 말이다. 영화의 흐름에 대해서라면 한번에 끊지 않고 봐야 제대로 파악이 가능하다. 물론, 재미없고 늘어져서 '멈춤' 버튼을 누르는 경우라면 그 자체도 중요한 포인트겠지만.

작품이 주는 인상을 생각한다.

사람을 만나고 집에 돌아오는 길에 생각하는 것처럼. 별말 안 한 것 같은데 기분이 더러워지게 만드는 사람이 있고, 잊을 수 없을 즐거움을 선사하는 사람도 있다. 나와 작품 사이에 어떤 감정이 오갔는지, 그 감정의 정체는 무엇인지를 곱씹어본다. 영화의 경우, 다른 사람과 같이 관람하는 경우라면 대화를 통해 일차적으로 내 생각을 수정하는 일도 있는데, 가능하면 "영화 어땠어?"라는 대화가 오가기 전의 인상을 떠올리고 어디에든 적어두기를 권한다.

리뷰에서 특히 중요한 단계는 줄거리 정리하기다.

이 단계에서 또 많은 사람들이 검색을 한다. 줄거리는 어차피 거기서 거기라고 생각하니까. 그렇지 않다. 특히 픽션의 경우는 그 작품의 내용을 '어디서 시작하는 이야기로 보는가'도 굉장히 중요하다. 사건 순서인가? 작가가 보여준 순서인가? 시간 순서인가? 특히나 리뷰에 쓰고자 하는 포인트가 들어간 줄거리 요약이어야 읽는 이에게도 도움이 되기 때문에, 줄거리 요약이 리뷰의 중요한 포인트가 된다. 유튜브 콘텐츠의 경우도 마찬가지다. 말로 전달하는 리뷰 역시, 줄거리를 어디서부터 어떻게 설명할지가 굉장히 중요하다. 적지 않은 경우, 영화 홍보나 출판 홍보를 위한 줄거리 요약은 실제 내용과 다르게 '더 재미있는 것처럼' 적혀 있는 모습을 보곤 한다. 작품과 다른 내용의 요약문을 본 적도 몇 번인가 있으며, 그 내용만을 베껴 리뷰 쓰기를 시작하면 리뷰는커녕 잘못된 정보 확산밖에 되지 않는다. 물건에 대한 리뷰라면 줄거리 대신 물건의 스펙을 포함한 설명을 하는 부분이 여기 들어간다.

리뷰에서는 줄거리를 길게 풀어 설명하면서 각 포인트에서의 특징과 작가의 연출에 대한 설명을 덧붙이는 일도 많다. 리뷰 자체가 '해석을 더한 줄거리 설명'이 될 수 있으며, 그 자체로도 충분할 수 있다.

줄거리를 쓸 때 염두에 둘 사항은 '어디까지 쓸까'다. 스포일러를 쓰지 않는 것은 물론이고, 스포일러가 될 만한 부분이 어디까지인가를 판단하는 일이 중요하다. 스포일러를 포함하는 내용이라면 반드시 그 전에 '스포일러 경고'를 해주는 일이 21세기 리뷰 작성자들의 필수 에티켓이 되었다.

이제 작품 관련한 글을 찾아 읽는다.

가능하면 관련 '정보'가 있는 인터뷰 같은 글이 좋다. 내가 '느낀' 부분이 실제 작가의 어떤 부분과 관련 있는지, 혹은 내 해석을 뒷받침할 정보가 있는지를 이 단계에서 풍부하게 다듬을 수 있다. 다른 사람의 해석을 가져올 때는 반드시 원 출처를 밝혀야 한다.

다른 이의 글을 참고할 때 최악은 무단 도용이다. 믿을 수 없을 정도로 많은 이들이, 심지어 글 쓰는 일로 밥벌이를 하는 사람조차도 타인의 글을 '복사'해놓고 적당히 손을 봐서 자기 글로 완성하는 경우를 본다. 앞서 언급했던 줄거리의 경우도 이런 사례를 꽤 보게 된다. 어차피 작품만이 독창적 창작물이라고? 리뷰도 저작물이다. 자기 생각을 정립하고 다른 이의 의견을 참고하지 않으면 더 괜찮아 보이는 타인의 의견에 의존하거나, 심하게는 베껴 쓸 가능성도 높아진다.

이 모든 과정에서 염두에 둘 것은 '무엇'에 대해 쓸지에 대해서다.

영화의 어떤 점이 특히 눈에 들어왔는지, 배우의 연기, 감독의 연출, 내용의 재미, 반전, 시각효과, 시리즈 다른 작품과의 비교 등 특히 그 작품이 좋다고 생각되는 점을 두드러지게 써내려간다. 물건 리뷰도 마찬가지일 텐데, 최근 '별점'이나 '한줄평' 방식의 마무리가 선호되는 이유는, 이런 마무리로 한눈에 정리해주는 역할이 가능해서다. 관련 사항을 나열한 뒤이도 저도 아닌 마무리를 해서는 다 읽거나 들은 뒤에 기억에 남지 않는다.

읽히든 말든 무조건 리뷰를 한다는 경우가 아니라면, 리뷰를 읽은 독자에게 해당 작품에 대해 어떤 인상을 남길지를 반드시 염두에 둔다. 영화에 '대한' 글을 쓰고 있지만, 글을 읽은 사람은 영화에 대해서만큼이나 내 글에 대한 인상을 간직하게 된다는 점을 생각하자.

나 자신에 대해 말하는 방법으로서의 리뷰

소설을 읽으면 어떤 점이 좋나요?
그런 질문을 받곤 한다.
대단한 도움이 되면 제가 이렇게 살겠어요?

　그렇게 대답하곤 한다. 농담이 아니다. 혹시나 하고 생각
한 적이 아주 없었던 건 아닌데, 아무래도 도움이 별로 되지
않는 것 같다. 하지만 가끔은 나와 비슷한 환자를 만나면 반갑
게 물개박수를 치며 신나한다. 혼자 망하는 것보다는 누가 같
이 망하는 게 마음에 위안이 되잖아?《우리는 언젠가 죽는다》
의 데이비드 실즈는 나와 같은 생각을 가진 사람 중 하나인데,
《문학은 어떻게 내 삶을 구했는가》는 바로 그런 생각을 되새
기게 하는 책이다.

　"지혜는 없다. 많은 지혜들이 있을 뿐이다.
　아름답고 망상적인."

이 대목에서 맨 뒤의 '아름답고 망상적인'의 반짝임을 알아보지 못하는 이들에게 소설 읽기만 한 시간 낭비는 또 없다. 그런데 데이비드 실즈의 이 책이 특별한 점은, 그가 삶을 맹렬하게 살아내는 사람이라는 데 있다. 가상의 세계로 도망쳐 지내기 위해 소설에 빠져 있는 게 아니라 소설을 읽는 만큼 소설 밖의 세상에서 해서 좋은 것, 안 해도 되는 것, 하지 않는 게 좋은 것 등을 열심히 하며 산다. 무엇보다 참 섹스에 열심이다. 그래서 말인데 아마 책에 대한 책, 문학에 대한 책에 관한 선입견이 이보다 더 산산조각나기도 어렵지 싶다. 2장 '사랑은 오랫동안 세밀하게 따져보는 것'은 그런 면에서 굉장하다. 사랑을 곧잘 오류를 저지르는 신들을 섬기는 종교로 묘사하겠다는 각오로 시작하는 이 장에는 '내 인생에서 성적으로 가장 드라마틱했던 경험'이 제법 상세하게 묘사되어 있는데, 키득거리며 읽게 되는 이 경험담은 그런 행복한 순간도 "여기야, 바로 지금이야, 근사해. 계속 이대로 있자"고 생각하는/말하는 순간 낙원을 망치는 우를 범하게 된다는 문장들로 마무리된다(그 끝내주는 섹스의 주인공이 가장 행복을 안긴 사람은 아니라는 것 역시 중요하다).

사실 《문학은 어떻게 내 삶을 구했는가》에는 한국어로 번역되지 않은 작품들이 너무 많이 거론된다. '모든 훌륭한 책은 결국 작가의 이가 깨지는 것으로 끝난다'는 제목이 달린, 그가 온 마음으로 믿는 55편의 작품을 소개하는 장에서 거론되는 첫 소설은 레나타 애들러의 《쾌속정》이며, 존 베리먼의 《꿈의 노래》, 그레구아르 부이예의 《수수께끼의 손님》 같은 책들이 《플로베르의 앵무새》《연인》《수상록》 같은 책들과 나란히 실려 있다. 아는 척을 하고 싶어도 구경해본 적 없는 책이 너무 많은데, 데이비드 실즈는 그 무시무시할 정도로 아득히 높아 보이는 책 제목들 사이로 유혹적인 오솔길을 여럿 뚫어놓았다. 소설을 읽는 사람이면서 재미있게 사는 사람이고 싶다는 바람을 이미 근사하게 실현한 인간이 여기 하나 있는 것이다. 책 제목에서 구원을 기대했다면, 그 구원은 좌절될 것이며 또한 근사하게 응답받을 것이다. 글 읽기에 미친 인간들만 아는 그런 천국/지옥이 있다. (웃음)

유난히 마음에 들거나 들지 않는 작품이 있을 때, 리뷰를 쓰며 그 감정을 끝까지 파보기를 권한다. 일기를 쓰며 자신의 감정을 온전히 마주하는 방법을 쓰기 괴로울 때, 리뷰 쓰기는 꽤 효과 좋은 우회로가 된다. 좋아하는 등장인물의 희노애락에 함께 젖어보거나 경멸하는 캐릭터를 강도 높게 비판하다 보면, 그것은 나 자신을 비우는 거울이 되기도 한다. 이렇게 자기 성찰적인 글쓰기로서 리뷰를 쓸 때는 캐릭터에 집중해 글을 이어가면 좋다. 타인을 비평하는 일이 쉽고도 재미있기 때문에, 가끔은 거울을 보고 있는 중이라는 사실을 잊곤 한다.

메모는 어떻게 하나요

메모하는 법은 쉽다. 스마트폰만 있으면 된다. 수첩을 들고 다니는 고전파가 여전히 존재하지만. 아참. 나 역시 글을 쓸 예정인 작품을 보러 극장에 갈 때 수첩과 펜을 가져간다. 극장에서는 녹음기를 트는 일이 불법이고, 스마트폰 메모장을 켜는 일이 에티켓에 어긋나니까. 하지만 그 외에는 거의 스마트폰으로 해결한다. 여행지에서 축제의 동영상을 찍어오거나, 뉴스기사를 메모장에 퍼다놓거나 하는 식의 메모는 그 어느 때보다 간편해졌다. '어떻게' 메모하느냐는 질문에 대해서라면 스마트폰의 메모, 녹음 등의 기능을 더 익숙하게 쓰는 사람이 되라고 하는 수밖에.

문제는 이것이다. 그렇게 메모한 자료를 정리해야 한다. 구슬이 서 말이라도 꿰어야 보배라고. 이메일의 '내게 쓴 메일함'에 그득한 자료들, 클라우드 용량을 잡아먹는 사진들, 제목 분류조차 되어 있지 않아서 나중에 찾아 쓰려면 하세월인 메모들, 좋아하는 동물 사진과 동급으로 '좋아요' 함에 들어 있는 뉴스들. 이런 건 자료가 아니라 잡동사니고 쓰레기다.

메모는 하는 것보다 정리해서 찾기 좋고 쓰기 좋게 분류하는 게 진짜 일이다.

이것은 나 자신에게도 하는 조언. 퍼 담아둔 것을 정리하자.

영화와 책 비교해 쓰기

소설 《핑거스미스》와 영화 〈아가씨〉를 비교해달라는 원고 청탁을 받고 쓴 글이다. 영국 빅토리아 시대에서 일제시대로 시대 배경이 달라진 점이야 한눈에 띄는 차이겠으나, 그 외에도 영화가 다르게 연출하고자 노력한 부분들이 눈에 띄었다. 영화는 때로 소설이 생각하지 못한 시각화에 성공하지만, 또한 같은 이유로 상상력을 제한하곤 한다.

뭣이 야한지도 모르면서

소설 《핑거스미스》를 읽지 않았다면 모르겠지만, 읽은 다음인 바에야 어렵없다. 에로티시즘을 어떻게 표현할지의 문제는 소설과 영화가 선택한 길이 완전히 달라서, 결국 이야기의 끝이 가닿는 지점도 퍽이나 달라진다는 것을 알 수 있게 한다.

첫 번째는 첫 만남 대목이다. 영화의 숙희는 "예쁘다고 미리 말해줬어야지 당황스럽잖아!"라고 속으로 외친다. 소설의 수는 젠틀먼으로부터 아가씨가 예쁘다는 말을 듣고 가지만, 정작 그녀를 만나서는 "그렇지 않았다. 적어도 살펴보던 당시에는 아름다워 보이지 않았다. 내가 보기에, 모드는 다소 평범한 인상이었다"라고 생각한다. 소설에서 예쁘지 않게 묘사되는 것은 아가씨 한 사람만은 아니다. 영화에서 보자마자 시선을 빼앗는 아름다운 저택은 소설에서는 그저 거대하고 낡은, 마치 구시대의 유령 같은 느낌을 물씬 주는 공간일 뿐이다. '예쁘다'라는 즉각적인 시각적 매혹이 넘쳐나는 영화에서와 달리, 소설에서는 시종일관 어딘지 병적으로 기울어버린 것들에 대해 생각하게 된다. 너무 많거나 너무 오래되거나 너무 조용하거나. 그리고 그 물건들의 한가운데에 놓인 모드는, 평범하다.

두 번째는 모드(영화의 히데코)의 날카로운 이를 수(숙희)가 골무로 갈아주는 대목이다. 두 여성이 처음으로 서로의 육체를 가까이서 인식하는 이 대목은, 영화에서 목욕 장면으로 묘사된다. 옷을 벗은 히데코는 욕조 안에 몸을 담그고 입안에 사탕을 넣어 빨고 있다. 히데코가 뺨을 비비자 숙희는 이유를 묻는데, 이 하나가 뾰족해서 입안이 베인다는 말을 듣고는 골무를 가져와 이를 부드럽게 갈아준다. 소설에서 이 장면은 나체와 아무 관련이 없다. 히데코의 삼촌의 뱀을 연상시키는 혐오스러운 입속 검은 혀 장면에 바로 맞붙어 편집된 사탕을 빠는 욕탕 속 히데코 장면은, 공포에 가까운 감정에서 에로티시즘으로의 빠른 전환을 보여주는데, 상극인 듯한 감정을 붙임으로서 성적 흥분에 기묘한 그림자를 드리운다.

이를 갈아주는 대목에서도 그렇지만 두 작품에서는 손과 장갑이 중요하다. 소설에서 또한 에로틱한 장면 중 하나는, 모드의 마음이 젠틀먼에게 완전히 기울었음을 수가 알게 되는 신이다. "내가 보고 있는 사이, 젠틀먼은 모드의 연약한 손을 들어 장갑을 천천히 반쯤 벗겼다. 그리고 맨손바닥에 키스를 했다. 그리고 그로써 나는 젠틀먼이 모드의 마음을 사로잡은 것을 알았다." 모드의 회상 대목으로 들어가면 삼촌이 서재에서 '진정한' 가르침을 시작하며 "장갑을 벗어라"라고 명령한다. 《핑거스미스》는 모드가 장갑을 어떻게 하고 있는지만 잘 따라가도 그녀의 감정 상태를 이해할 수 있게 되어 있다. 어떤 비명이나 신음보다 효과적으로.

세 번째는 엔딩이다. 아름다운 물건을 전시하는 진열대처럼 화면 가운데 놓인 짙은 녹색 소파에서 두 여인이 방울을 몸에 넣으며 성애를 나누는 영화의 엔딩이 마치 오래전에 그려진 춘화의 한 장면을 재현하는 느낌을 준다면, 소설에서는 두 여인이 서로에 대해 말하게 한다. 모드는 소설을 쓰고 있다. 자신을 옥죄었던 삼촌의 세계의 연장과도 같은 음란소설을 쓰는 일을 한다. 같은 문장들에 둘러싸여 있다고 해도 더 이상 모드는 과거와 같지 않다. 모드는 이 일로 돈을 벌 수 있을 뿐 아니라 자신이 쓰는 문장들을 이렇게 설명한다. "내가 널 얼마나 원하는지에 대한 말들로 가득해." 성적 쾌락에 대한 문장들은 더 이상 그녀를 다치게 하지 못한다. 그 언어는 더 이상 삼촌

의 세계에 속해 있지 않다. 더불어, 도망치는 것만큼이나 이후
의 '삶'을 고민한다는 것이 전근대를 살았던 여성들의 이야기
에서 얼마나 애타고 중요한 일인지 새삼 깨닫게 한다.

주제를 가지고 리뷰하기

아래는 '60년대부터 90년대까지 한국 영화 중 기억할 만한 케미를 보여준 배역'이라는 주제로 원고청탁을 받아 작성한 원고지 10매 분량의 글이다. 원고에 쓸 영화를 정하기 위해 좋아했던 90년대 한국영화를 몇 편 다시 보았다. 〈접속〉〈후아유〉〈미술관 옆 동물원〉이었는데, 이 영화들 모두 다섯 번씩은 봤는데도 불구하고, 이번에 다시 보니 원고를 쓰기에 부적합한 부분들이 강조되어 보인 바람에 〈8월의 크리스마스〉로 정했다. 배우 간의 케미 만큼이나 배우와 빛의 케미가 좋았다고 생각했고, 관련한 글을 작성한 경우이다.

정원의 마지막 빛

〈8월의 크리스마스〉에서 가장 기억할 만한 케미는, 모든 등장인물과 빛이 맺는 관계에 있다. 정원(한석규)이 눈을 뜨는 아침 햇살이 들어찬 방 안 풍경에서 시작해, 여름날 땡볕이 만들어내는 모든 것의 눈부신 가장자리와 선명한 그림자, 햇빛 때문에 잔뜩 찌푸리고 올려다보는 눈길, 한여름 석양의 부드러움. 유영길 촬영감독이 자연에 존재하는 여름빛으로 주인공들을 끌어안는 솜씨는 한없이 편안하다. 믿을 수 없을 정도로 뜨겁고 불쾌한 2018년의 8월에 〈8월의 크리스마스〉를 보면서 여름이 그립다고 느낄 정도다. 영화 속 모두 옷을 가볍게 입고 여름 속에 있다.

인력으로 어찌해볼 수 없는 여름의 열기어린 빛처럼, 〈8월의 크리스마스〉에서는 두 명의 배우가 한 프레임에 잡히는 거의 모든 순간이 반짝거린다. 그것은 꼭 열정적인 사랑의 형태가 아니어도 좋다. 오빠와 여동생이 마루에 앉아 수박을 나누어 먹는 장면이나, 예전에 좋아하던 남자를 우연히 만난 여자가 어색해하며 자리를 피하기까지 유난히 느리게 흐르는 시간 같은 것들. 더위를 피해 잠시 사진관에 들어온 다림(심은하)이 소파에 기대 눈을 붙이자 그녀 쪽으로 선풍기 머리를 조정하는 정원의 손길. 다림이 무거운 것을 들고 길을 가다가 오토바이를 탄 정원과 스쳐지나가는 대목의 호흡도 근사하다. 더운 와중에 다림은 두 손으로 짐을 든 상태다. 반대 방향으로 정원의 오토바이가 지나가고, 오토바이 소리가 점점 멀어진다. 그리고 다시 소리가 점점 커진다. 다림은 슬쩍 미소 짓지만 걸음을 멈추지는 않는다. 정원은 짐을 받아 오토바이에 놓고 뒤에 다림을 태운다. 바람 때문인지 빛 때문인지 다림은 연신 눈을 찌푸린다. 정원은 그녀에게 좋아하는 남자가 있는지 묻는다.

대답은, 없어요.

정원의 사정이 알려지는 것은 그의 집을 방문한 옛사랑 때문이다. 그녀는 묻는다. 많이 아프냐고. 다림과 이제 막 무언가가 시작되려는 참인 듯한데 그에게는 모든 게 끝나려는 순간이다. 툇마루에 앉아서 발톱을 깎는 정원의 모습을 오랫동안 카메라가 보고 있다. 기우는 빛 안에서 정원이 천천히 눕는다. 지금 정원은 삶을 정리하는 중이고, 죽어간다는 그 말을 꺼내는 일이 쉽지 않다. 친구를 만나 술을 마시고, 잔뜩 취해 집으로 가자는 친구에게 한잔 더하자고 조르면서 "나 곧 죽는다"라고 말해버린다. 친구는 믿지 않는다. 〈8월의 크리스마스〉에서는 마지막을 기다리는 남자가, 그 시간을 할애해 삶의 자장 안으로 누군가를 들일 때마다 애처로워진다. 정원의 사정을 알게 되고 나면 모든 장면이 예사롭지 않아진다. 가족사진을 찍은 뒤 독사진을 한 장 더 찍는 할머니. 그 사진은 영정사진으로 쓰일 것이다. 그 사실을 알아버린 할머니는 곱게 단장하고 다시 사진관을 찾는다.

정원과 다림의 관계에 대해 쓰려고 영화를 다시 보다가, 정원이 보내는 시간 모두가 섧게 빛나며 케미를 자랑한다는 데 생각이 미쳤다. 정원은 술도 원껏 마시고 주무시는 아버지 방에서 담배도 훔쳐다 핀다. 아무것도 참을 생각은 없다. 그렇지만 남을 사람들 때문에 속을 끓인다. 천둥번개가 치자 아버지 방으로 가 잠든 아버지 곁에 살며시 몸을 뉘일 때, 정원은 이미 반쯤 유령 같다. 멜로드라마가 인기를 끌던 90년대. 〈8월의 크리스마스〉의 사랑은 이뤄지지 않은 마음만으로 초원사진관에 남았다. 페이스타임과 카카오톡의 시대라면 없을 방식으로, 손으로 쓴 편지가 전달된다. 영화가 한 시간쯤 지나면 곧 정원과 다림은 만나지 않게 되는데, 정원의 병세를 모르니 다림에게 남는 것은 상심뿐이다.

정원에게 이 여름은 이제까지도 없었고 앞으로도 없을, 단 한 번의 여름이다. 병에 걸린 정원은 여름이 가면 이 모든 사람들을, 풍경을 뒤로 하고 죽게 되리라. 하지만 이 여름이 마지막이기로는 나에게도 이 글을 읽는 누구에게라도 그렇다. 시간은 한 방향으로 흐르고, 한번 왔던 것은 다시는 오지 않는다. 사랑도 언젠가는 추억으로 그친다. 사진이 시간을 붙들어놓듯, 〈8월의 크리스마스〉의 시간도 영원히 그 안에 멈춰 있다. "아저씨, 아저씨는 왜 나만 보면 웃어요?" 답을 알고 묻는 질문의 설렘이, 영원한 여름 풍경 안에 남았다.

3
삶 가까이 글을 끌어당기기

시에서 뉴스를 얻기는

어렵다

하지만 사람들은 날마다 비참하게 죽는다

시가 발견한 것을

깨닫지 못하여

윌리엄 카를로스 윌리엄스, 〈아스포델, 저 초록꽃〉
알랭 드 보통의 《뉴스의 시대》에서 재인용

연하장 쓰기

연말이면 연하장을 쓴다. 어쩌다가 회사 동료들에게 연하장을 돌리는 경우도 있긴 하지만 아주 드문 일이다. 1년에 다섯 통 정도려나. 그만큼을 쓰고 그만큼을 받는다. 내가 보내는 사람과 나에게 보내는 사람이 일치하지도 않는다.

그저, 타인의 행복을 기원하는 글을 손으로 쓰고 싶어서 쓴다. 여행지에서 고른, 마음에 드는 엽서나 카드에 손 글씨로 좋아하는 마음과 앞으로의 즐거움을 기원하는 글을 써 우체국에 가서 부치는 엄청나게 성가신 과정이 좋다.

하지만 연하장을 쓰는 문화가 점점 사라져서, 보내도 답이 없는 경우가 있다. 그런 경우는 서운함을 뼛속 깊이 새긴다. 잊지 않을 거야…

는 농담이고, 연하장을 써보시라. 답장이 오지 않아도 분통 터지지 않을 정도로 좋아하는 이들에게만.

연하장을 주고받는 문화가 일반적인 미국의 친구들은 크리스마스 즈음에 연하장을 왕창 주고받은 뒤 받은 연하장을 잘 보이는 선반 위 같은 곳에 겨우내 전시해놓는다. 대단할 것 없는 의례적인 행위라 하더라도 그 한 문장 한 문장이 모여 따뜻한 연말연시를 만든다.

이렇게 말하고 보니 올해부터는 연하장을 좀 더 많이 써야겠다.

인생은 피드백

필자이기도 하지만 편집자이기도 한 나는, 동료들이 쓴 글에 대해 수정을 요청할 때가 자주 있다. 특히 처음 경력을 시작하는 동료 기자들의 경우는 수정 사항을 빼곡하게 적은 메일을 보내기도 한다. 내가 자신 있게 말할 수 있는 점은, 수정을 요구하는 원고는 그렇지 않은 원고보다 최소한 다섯 배쯤 더 읽는다는 것이다. 대충 읽고 대충 말하지 않는다. 그리고 좋은 글에 대해서는 꼭 좋다고 피드백을 하려고 노력한다.

인간관계가 좋은 편은 아니라고 자평하지만, 그와 무관하게 좋은 것을 좋다고 말하는 데 주저하지는 않는다. 나와 가까운 사람들의 멋진 성취에 대해서라면 칭찬하는 말을 고르고 골라 전한다. 책이나 영화에 대해 쓸 때도 마찬가지다. 좋을 때는 좋다고 헌신적으로 말하도록 노력한다. 어떻게 하면 흔하지 않은 찬사를 보낼 수 있을까 진심으로 고민한다. 늘 성공하지는 못하지만.

타인에게 건네는 '좋은 말'은 섬세한 감식안을 거쳤다는 확신이 함께 한다면 무한대의 기쁨을 준다. 나도 타인의 그런 말과 글에 큰 힘을 얻는다. 사람은 칭찬을 좋아하니 무조건 좋은 말을 하라는 뜻은 아니다. (물론 사람은 칭찬을 좋아하고 사실과 관계없이 무조건 좋은 말만 해도 좋아한다. 아부꾼들이 하듯이.) 타인의 장점을 발견하고 칭찬하기 위해 좋은 점을 숙고해 적확한 찬사의 언어를 사용할 줄 안다면, 가장 가까운 사람들과의 관계를 더 오래 지속시키는 힘을 얻을 수 있다.

멋진 성취를 한 가까운 이에게 메일이든 문자메시지든, 고르고 고른 말로 축하하라. 인생은 피드백이다. 그렇게 받은 문장을 한번 읽고 지우는 사람은 세상에 없다.

부치지 못한 편지

색스 박사님,

종종 친구들과 저는 "올리버 색스의 무슨 책을 가장 좋아해?" 하고 묻곤 합니다(친구들도 저만큼 박사님 책을 좋아하거든요). 제가 가장 자주 말한 책은 《뮤지코필리아》입니다. 초반에 등장하는 번개를 맞고 음악을 사랑하게 된 남자의 이야기를 (철없이 들리지만) 낭만적이라고 생각했거든요. 병은 사람을 바꿉니다. 투병하는 환자 자신부터가 이해할 수 없는 방식으로. 박사님이 병 이후의 삶을 환자들이 받아들이도록 돕는 방법에 감탄하곤 했습니다.

누구에게나 이야기를 들어줄 사람이 필요합니다. 누구나 듣자마자 이해할 사연을 안고 있는 경우도 적지 않겠지만, 때로는 아무도 상상할 수 없을 법한 일을 겪는 사람들도 있습니다. 그들이 겪는 일은 본인도 상상해본 적이 없는 것이어서, 어디서부터 어디까지가 문제인지 파악할 기회를 제대로 얻지 못합니다. 박사님의 《아내를 모자로 착각한 남자》(제가 가장 먼저 만난 올리버 색스였어요)를 처음 읽으며 감탄하던 기억이 납니다. '소설을 읽는 듯한 기기묘묘한 환자들 이야기' 때문이 아니었습니다. 환자들을 대하며 그들이 경험하는 일을, 시간을 들여가며 조심스럽게 파악하는 모습이 대단해 보였습니다. 너무나 이상한 증상이라 주변 사람들이 상상력을 동원하고 그의 말에 귀 기울여주지 않아 무시당하는 상황에 자주 처했을 환자는, 박사님을 만나서 비로소 본인이 어떤 일을 겪고 있는지 알아낼 기회를 얻습니다. 이것은 의학적 재능의 문제가 아니라 듣는 재능의 문제라고 느꼈습니다.

나에게 어떤 인지장애가 갑작스럽게 생겨났다면, 올리버 색스 박사님을 찾아가겠다고 생각했습니다. 환자로서의 나를 누군가에게 보여야 한다면 누구에게 가야 할지 망설일 필요가 없다고. 이제 더 이상 이곳에서 박사님을 만날 수 없으니 제게 아무 일도 일어나지 않기를 바랄 뿐입니다.

'경청의 문제'라는 것을 저는 요즘 자주 떠올립니다.

한국에서 최근에 상영했던 〈아가씨〉라는 영화가 있습니다. 그 영화를 만든 감독은 박찬욱이라는 사람인데 아시는지 모르겠어요. 박사님이 한국에 방문해서 인터뷰를 하실 일이 있다면 작은 노하우 하나를 전해드릴 기회인데 조금 늦어버렸네요. 혹시 "한국에 대해 아는 것이 있나?"라고 질문 받는다면 "〈올드보이〉를 봤다"고 하면 만사형통이랍니다. 하하. 어쨌든.

그 감독이 만든 영화 중에 단편이 하나 있어요. 〈믿거나 말거나, 찬드라의 경우〉라는 제목입니다. 1992년, 서른여섯 살의 네팔 여인 찬드라는 한국에 와 섬유회사에서 일하게 됐어요. 식사를 한 뒤 지갑을 두고 온 사실을 알게 되었는데, 그녀는 한국말을 잘하지 못했습니다. 식당 주인은 찬드라를 경찰서로 보냈고, 경찰은 그녀를 심신미약자로 분류해 정신병원에 넘겼고, 정신병원에서는 그녀를 조현병으로 분류해 가두었습니다. 그녀는 '한국인처럼' 생겼거든요. 한국인인데 알아들을 수 없는 소리를 하니, 외국인일 수도 있다고 생각하는 대신 정신적으로 문제가 있다는 판단을 해버린 일입니다. 찬드라는 몇년이 지나서야 풀려나 네팔로 돌아갔습니다.

제대로 듣는다는 것은 선입견을 가능한 한 갖지 않고 바라보는 것을 뜻합니다. "응, 알아, 알아"라고 대충 말을 끊지 않는 것을 뜻합니다. 저는 박사님의 많은 환자들이 선생님을 만나기 전에 겪었을 일들을 상상합니다. 가장 가까운 사람들로부터 겪었을 소외의 경험을, 그 시간을. 병원을 전전하며 겪었을 당혹감을. 박사님 책을 읽으며 찬드라를 떠올린 것은 그래서였습니다.

박사님의 자서전 《온 더 무브》와 마지막 에세이 네 편을 묶은 《고맙습니다》를 읽으면서, 다른 이들의 말을 잘 듣는 사람이 된다는 것은 어쩌면 나 자신의 목소리를 누구보다 내가 잘 듣는 사람이 되는 것은 아닐까 조심스럽게 추측했습니다.

우리 모두는 어떤 면에서 기인이고, 하나뿐인 방식으로 망가진 존재이고, 그 상태로 살아가기 위해 소통하는 법을 어렵게 배워가는 거라고, 그러기 위해서 제대로 듣는 법을 익혀야 말하고 쓸 수 있다고. 그래서 색스 박사님의 책은 기기묘묘한 환자 사례집이 아니라 어렵게 이해받은 사람들이 그대로의 삶을 살아갈 수 있도록 돕기 위해 애쓰는 의학전문가의 기록처럼 보였던 것 같습니다.

"이제 쇠약해지고, 호흡이 가빠지고, 한때 단단했던 근육이 암에 녹아버린 지금, 나는 갈수록 초자연적인 것이나 영적인 것이 아니라 훌륭하고 가치 있는 삶이란 무엇인가 하는 문제로 생각이 쏠린다."《고맙습니다》속 〈안식일〉의 이 문장은 이제 노화를 본격적으로 경험하기 시작하며 비명을 지르는 저 자신에게 오랫동안 든든한 버팀목이 되어줄 듯합니다. 그리고 그런 삶을 위해, 경청하는 법을 다시 한 번 생각합니다.

알게 되어 즐거웠어요.
이것은 진심을 담은 저의 감사 인사.

다시 만날 때까지.
이다혜

좋아하는 이에 대하여 2
읽고 기억하기

나는 올리버 색스와 그의 책에 대해 여러 편의 글을 썼다. 그중 앞의 글과 같은 시기에 쓴 《고맙습니다》라는 책에 대한 리뷰를 함께 비교해보시길. 이 리뷰의 제목은 '네 편의 에세이와 한 번의 장례식'으로, 제목은 영국 영화 〈네 번의 결혼식과 한 번의 장례식〉에서 따온 것이다. 원고가 풀리지 않아 제목을 먼저 붙이고 시작한 경우다.

네 편의 에세이와 한 번의 장례식

"두렵지 않은 척하지는 않겠다." "나는 여든 살이 되는 것이 기대된다."

뇌신경학자 올리버 색스가 죽기 전 2년간 쓴 에세이 네 편을 묶은 《고맙습니다》에서 만날 수 있는 문장들이다. 이 문장의 울림을 설명하기 위해 올리버 색스와 네 편의 에세이에 대해 조금 더 말하면 이렇다. 올리버 색스는 신경과 전문의다. 인간의 뇌와 정신활동에 대해, 여러 환자들의 사례를 통해 글

을 쓰기도 했다. 《아내를 모자로 착각한 남자》《뮤지코필리아》
《나는 침대에서 내 다리를 주웠다》《깨어남》을 비롯한 많은 책
을 썼고, 《깨어남》은 로빈 윌리엄스 주연의 〈사랑의 기적〉의
원작이기도 하다(로빈 윌리엄스가 연기한 수염 난 인자한 의사가 바
로 올리버 색스로, 극중 이름은 세이어 박사였다). 그는 자서전《온
더 무브》를 마무리하던 중, 2005년에 진단받았던 희귀병 안
구 흑색종이 간으로 전이되었음을 알게 되었다. 6개월쯤 남았
으리라는 의사들의 말에 그는 〈나의 생애〉라는 글을 썼고, 몇
달이라도 삶을 연장할 수 있는 치료를 위해 수술실로 들어가
며 친구들에게 〈나의 생애〉를 〈뉴욕타임스〉에 보내달라고 청
했다.

이튿날 그 글이 실렸는데, 읽으며 눈물을 훔친 기억이 난
다. 슬퍼서였나? 모든 인간은 죽는다. 나도 죽을 것이다. 그렇
게 그도 죽었다. 그렇다, 죽음에 눈물지은 것은 아니었다. 온
힘을 다해 삶을 바라본다는 일의 의미를 배워가야겠다는 기분
이 들었기 때문이라고 해야 하리라. 그의 친구들의 말을 빌리
면, 수술 이후 두어 달간 "색스는 글을 쓰고, 수영을 하고, 피아
노를 치고, 여행을 즐겼다".

그 시기에 쓴 또 다른 글 〈나의 주기율표〉는 내가 세어본
것만 열 번은 읽은 에세이다. 단 한 번도 주기율표를 매력적이
라거나 아름답다거나 흥미롭다고 생각해본 적 없던 나는, 주기
율표와 친구로 산다는 것의 의미를 배웠다. "제2차 세계대전

이 발발한 무렵 여섯 살 나이로 기숙학교에 보내졌을 때는 숫자가 내 친구가 되어주었다. 열 살에 런던으로 돌아온 뒤에는 원소들과 주기율표가 친구였다. 살면서 스트레스를 겪는 시기에 나는 늘 물리 과학에게로 향했다. 아니, 귀향했다. 생명이 없지만 죽음도 없는 세계로."

한 인간의 삶은 그 자체로 하나의 렌즈처럼 세상을 투영한다. 올리버 색스라는 이름의 렌즈가 보여주는 세상의 온기를 얼마나 좋아했는지. 《고맙습니다》를 덮으며 속삭인다. 고맙습니다.

죽은 이를 기억하기 위하여
한 사람에 대한 여러 목소리

한국 모든 늦깎이 작가들의 불안을 위로하는 마흔 살 등단의 신화, 소설가 박완서는 대학에 들어가자마자 6.25를 겪고 결국 학업을 마치지 못했다. 6.25때, 그러니까 나이 스물셋에 결혼을 한 뒤 2년마다 한 명씩 다섯 아이를 낳아 길렀다. 서른세 살이 되어서야 출산이 끝났고, "그동안 아기 기르는 감옥생활을 했고" 막내가 국민학교에 들어가자 마흔이 되었다. 6.25는 박완서에게서 오빠를 빼앗았고 어려운 시기를 보내게 했지만 "쓰지 않고 '그냥 살았던' 시기가 있었다는 것을 나는 늘 감사하게 생각합니다"라고 말한다. 하지만 한국에서 여자로 살며 자기 일을 찾고 이름으로 불린다는 일이 얼마나 어려운지, 곳곳에서 읽히는 게 사실이다. "오랫동안 '누구 엄마' 하는 식으로만 불리다가 내 이름이 생기니 이상하더라."

《우리가 참 아끼던 사람》은 소설가 박완서 대담집이다. 《나목》 출간 10주년으로부터 영면에 들기 꼭 한 해 전까지의 기록이 담겼고, 5주기인 1월 22일에 출간되었다. 여기에는 소설가로서, 그리고 생활인으로서의 나날에 대한 박완서 특유의 목소리가 담겨 있다. 박완서의 소설이 물처럼 술술 읽힌다는 말에 대한 생각은 무엇일까? "난 소설이 너무 어려워서는 좋지 않다고 봐요. 소설은 생겨난 기원부터 학문과는 다르죠. 이해가 안 돼서 또 읽는 일은 없어도 좋아서 또 읽을 순 있다고 생각해요. 내 소설은 그렇게 파란만장한 스토리가 없는 예가 많습니다. 그래도 독자들에게 읽히는 것은 문장의 맛 때문이 아닐까요." 이 말을 소설가 김연수와의 대담과 이어 생각하면 재미있다. 김연수는, 이렇게 운을 뗀다. "이상하게 선생님 책은 병원에서 많이 읽게 됩니다. 어머니가 병원에 자주 가시는데, 작년에 또 입원하셨거든요. 그래서 병원 보호자 의자에서《그 남자네 집》을 읽었습니다."

1980년의 대화부터 실려 있기 때문에, 박완서에 대한 대담자들의 '해석'이 달라지는 것 또한 이 책의 재미다. 김승희의 글은 버지니아 울프의 글과 박완서의 삶을 비교하며 "여성으로서의 자기 의무(어머니로서, 아내로서, 집안의 주부로서의 의무)를 회피하지도 않고, 또 그것에 억압되지도 않으며, 그런 일을 모두 잘해나가면서도 왕성한 창작을 하고 있고, 또한 지금까지 여성을 억압해오기만 했던 사회를 향해 오히려 '다정한 회초리'까지 들고 있다"고 썼다. 여성 작가이기 때문에 '다정한' '회초리' 같은 표현이 칭찬으로 쓰이곤 한다는 데 이제 와 생각이 미쳤다. 내가 죽거든 나의 글에 대해서는 '혼이 쏙 빠지는 불방망이'를 들었다고 평가해달라.

김승희의 해석과 달리, 2011년 〈씨네21〉 편집위원 김혜리와의 대담에서 박완서는 이렇게 말한다. "당시 마흔에 등단한 작가라고 내게 편지를 보내오는 여성들도 있었는데 나를 '둘 다 잘하는 선구자'처럼 받드는 일은 그들에게도 좋지 않다고 생각했어요. 그리고 취재당할 무렵에는 이미 식구들이 가사를 많이 분담해줄 때였거든요. 그런데 사실 내가 살림을 좋아하긴 해요." 글로 읽는데도 목소리를 듣는 기분이 드는 것은, 그만큼 박완서의 소설을 오래, 많이 읽어왔기 때문일 것이다.

글쓰기로 내가 되기

좋은 책은 나를 좋은 곳으로 데려다준다고, 아주 오랫동안 믿어왔다. 나는 누구든 될 수 있고 어디든 갈 수 있다. 책과 함께라면 어떤 모험이든 가능하다. 가장 오래된, 좋아한 책에 대한 기억이라면 계몽사에서 나온 '어린이 세계의 동화' 그림책 전집이었는데, 지금 봐도 깜짝 놀랄 정도로 섬세하고 아름다운 삽화로 유명한 이 전집은 넉넉지 못한 집안 사정으로 내가 다 읽으면 되팔릴 예정이었다. 그래서 몇 번이고 몇 번이고 다시 읽었다. 초등학교 4학년 때부터는 직접 서점에 다니기 시작했다. 동네에 음악 좋아하는 아저씨가 운영하는 음반가게와 책 좋아하는 아저씨가 운영하는 책방이 하나씩 있던 시절이었다. 그리고, 그곳에는 무수한 세계로 열린 문들이, 책과 음반이라는 문들이 있었다.

　세계문학전집류의 '권장도서'만 읽었던 것은 아니다. 책을 좋아하면 학구적인가? 글쎄. 자고로 딴짓의 상징이야말로 책 아닌가? 80년대 후반부터 90년대 중반, 그러니까 내가 십 대이던 시절에는 음모론이라는 말은 없어도 '세계 7대 미스터리'

라든가 외계인 목격담에 대한 온갖 이야기가 잡지와 단행본의 형태로 출간되었다. 로마노프 왕가의 최후와 유일하게 살아남은 공주를 자처한 여자, 저주받은 보석, 피라미드 발굴 과정에서 벌어진 수수께끼의 죽음들, 잉카제국의 최후와 사라진 금괴들, 51구역의 비밀… 이 모두는 내가 열광한 '이야기'였다. 세계는 무한히 넓었고, 책 안에서는 시간도 공간도 전부 뛰어넘을 수 있었다.

책은 나를 어디로든 데리고 간다고, 아주 오랫동안 경험해왔다. 고등학교 때 '빨간 책'이라고 불리던 할리퀸 로맨스나, 초등학교 고학년 때 푹 빠져 읽던 시드니 셸던의 온갖 소설들이 생각난다. 수업 시간에 책을 돌려 읽었는데, '그녀의 허리가 활처럼 휘었다'라는 문장을 보면서 "왜지? 넌 왜인지 알아?" 하고 같은 책을 읽은 친구와 머리를 맞대기도 했다. 교복에 '귀밑 3cm' 단발머리를 하고 학교를 다녔다고 다 연애 무지렁이는 아니었으나, 그때의 나는 확실히 그랬다. 이 시기에 대해 발터 벤야민은 《일방통행로》에서 이런 말을 남겼다. "철봉에서 대회전을 하는 사람처럼 사람들은 누구나 소년 시절에는 스스로가 회전식 추첨기를 돌리는데, 그곳으로부터 빠르든 늦든 대박이 터질 것이다. 왜냐하면 우리가 15살 때 알고 있던, 아니면 하고 있던 것만이 이후 어느 날 우리의 매력이 되기 때문이다. 따라서 도저히 되돌릴 수 없는 것이 하나 있다. 부모님에게서 도망칠 수 있는 기회를 놓치는 것이다. 그러한 나이 때에는 48시간만 방치되어도 그것으로부터 삶의 행복의 결정이 알칼리 용액 속에서처럼 형성된다."

모범생도 아니고 날라리도 아닌, 딱 그 정도였다. 대단한 무용담은 없다. 눈부신 미래 같은 건 오지 않았다. 겁이 많았고, 낯도 가렸다. 책을 '편하게' 생각한 이유 중에는 분명 그런 성격이 한몫했으리라. 뭘 해볼까 생각하면 관련된 책부터 읽었다. 벤야민 식으로 말해, 내가 돌린 회전식 추첨기가 뭘 뽑았는지 확인하기 위해서는 그로부터 오랜 시간이 필요했다. 열다섯 살 무렵의 나는 원하는 만큼 책과 함께 방치되기를 원했고, 그것을 통해 '여기가 아니면 어디라도'를 꿈꾸었다. 학교와 집에서 한 발짝도 벗어나지 않고 가장 먼 시간 먼 곳을 여행했다. PC통신으로 사진 한 장 다운로드 받는 데 한 시간이 우습게 걸리던 때니 뭘 검색한다고 제대로 된 정보를 얻을 리가 없었다.

귀족 가문의 영애가 티파티라도 한번 여는 날엔 물음표 대잔치가 머릿속에 펼쳐졌다. 일단 홍차는 립톤 티백 말고는 마셔본 적이 없었는데 쓰기만 하고 하나도 맛이 없었다. 잉글리시 브랙퍼스트 이런 건 뭘까. 커피는 믹스커피가 전부였다. 스콘이 뭔지? 지금 생각해보면 번역자들 역시 짙은 안개 속을 떠돌았던 것 같다. 종종 도저히 해석할 수 없는 표현들이 있었는데 이런 식이었다. "그에게서는 오래된 향신료 냄새가 났다." 일단 향신료라는 말도 낯설거니와, 사전적 의미로 추측하면 그것은 후추와 고춧가루 같은 것이라는데 대체 멋진 남자 주인공에게서 후추와 고춧가루 냄새 같은 게 나는데 어느 대목이 매력적이지 싶은 궁금증에 시달리는 식이었다. 그것이 '올드 스파이스'라는 애프터쉐이브 이름을 고유명사로 생각하지 못한 역자가 뜻을 번역해버린 데서 벌어진 일임을 알게 된 것을 몇 년이 지나서였다. 제인 오스틴이나 샬럿 브론테의 소설을 비롯해 영국 고전들을 읽을 때는 귀족들의 작위를 도무지 이해할 수가 없었다. 영의정, 이조판서 이런 건 알겠는데 공작은 뭐고 후작은 뭐지? 특별하게 하는 일이 있다는 게 아니라 그냥 양반인데 계급이 있다는 말인가? 그때 외운 '공후백자남(공작, 후작, 백작, 자작, 남작의 첫 글자를 딴 것으로 귀족 계급 순서를 내림차순으로 정리)', 시험에는 나오지도 않는다. 소설 읽으려고 외운 것이다, 순전히. 응접실은 또 뭔가. 한국에는 마루나 거실은 있어도 응접실은 없었다. 손님이 오면 응접실로 맞아들이는데, 아니, 집에 들어오면 바로 마루인데 응접실에서 기다리면 집주인이 나온다니, 작가 양반, 이게 무슨 소리요.

20세기의 세기말을 살던 십 대의 내게 세계는 무한히 넓고도 좁았다. 탱고 음악을 연주할 때 쓰는 악기 반도네온처럼, 혹은 아코디언처럼, 어느 순간에는 늘어나고 어떤 순간에는 모든 면이 마주 붙으면서 그때마다 다른 소리를 내는 것 같았다. 고등학교에서 매일 아침 7시부터 밤 10시까지 시간을 보냈고, 자율학습은 방학에도 이어졌다. 나중에는 영화를 보러 가겠다고 자율학습에 빠지기도 했지만, 대체로 그 시기의 모든 시간은 학교와 집에서 보냈다. 계절이 가는 것을 학교 도서관으로 올라가는 계단참의 창문을 통해 알던 시간이 길었다. 책을 읽을 때는 내가 아닌 누구라도 될 수 있었지만 또한 어디로든 갈 수 있었고, 그런 가장 먼 곳에서의 생활을 상상하는 일은 언제나 즐거웠다. 책과 음악, 영화는 그렇게 좁은 곳에 갇혀 살던 시간을 무한대에 가깝게 늘려주는 매개체였다. 여행이라는 것을 다닐 수 있게 되자마자 거기에 빠져든 이유는, 그렇게 글로만 배운 세계를 직접 경험한다는 설렘이 다른 모든 것을 압도했기 때문이었다. 책에만 있는 줄 알았더니 정말 사람들이 그렇게 살고 있었다. 아무리 멀리까지 가도 그곳에 사람들이 살고 있었다.

지금의 나를 가장 고통스럽고도 기쁘게 만드는 일은, 재미있는 소설을 만나는 일이다. 손에서 책을 놓지 못해 밤늦게, 새벽까지 읽어 끝을 본 뒤 어디로든 힘껏 달려가고 싶은 기분에 빠진다. 책 한 권이 나를 다른 사람으로 만든 것처럼. 지저분한 방을 싹 뒤엎고 새로운 무언가를 도모해보고 싶은 마음, 누군가의 마음을 이렇게 움직이는 글을 쓰고 싶은 마음, 지금보다 더 좋은 사람이 되어 다른 이들에게 사랑받고 싶은 마음 같은 것이 온통 뒤범벅이 된다. 있는 힘껏, 내가 무엇이 될지 한번 시험해보고 싶다는 마음. 아주 좋은 책과 아주 좋은 여행이 그런 일을 가능하게 한다. 그리고 놀랍게도, 보통의 책과 보통의 여행도, 나쁜 책과 나쁜 여행도 나를 조금씩, 하지만 영구적으로 바꾸어놓는다. 그리고 알게 되는 것이다. 좋고 나쁨을 말하는 것은 어쩌면 불가능하리라고. 나빴다고 생각한 일이 나중에 더 좋은 일로 이어지기도 한다. 소설 속 주인공들을 구경하며 깨달은 것을 내가 경험으로 배운다. 책을 통해 다른 사람과 다른 세계를 이해했고, 그들과 직접 만난 경험은 책을 더 잘 이해하게 했다. 언제나 시작은 책이었고 여행이었으며, 그 둘은 마치 걷는 일이 그러하듯이, 왼발과 오른발을 번갈아 걸으며 앞으로 나아가는 것처럼 나를 과거에서 현재의 시간으로 이끌었다. 내가 되고 싶은 사람이 되고 싶다. 그보다 먼저, 내가 되고 싶은 사람이 어떤 사람인지 알고 싶다. 그렇게 지금의 내가 되었다.

시트콤 〈지붕 뚫고 하이킥〉의 가장 유명한 에피소드 중에 오현경이 연기하는 캐릭터 '현경'에 관한 이야기가 있다. 현경은 뭐든 글로 배운다. 이른바 '화장을 글로 배웠습니다' 혹은 '키스를 글로 배웠습니다'라고 불리는 이 에피소드는 직접경험이 부족한 사람이 모든 것을 글로 해결하려 할 때 생길 법한 일을 코믹하게 보여준다. 나는 이 에피소드를 몹시 사랑하는데, 글을 사랑한다고 해서, 잘 이해한다고 해서 그것처럼 살 수 없다는 이야기처럼 내게 들리기 때문이다.

간접경험과 직접경험을 통해 원하는 삶을 기획하기. 언제나 책과 여행이 그것을 가능케 했다. 읽기와 경험하기, 쓰기는 내가 나 자신을 탐색하는 가장 강력한 도구들이었다. 간접경험과 직접경험, 그리고 그 모두에 존재하는 나 자신으로부터 눈을 돌리지 않기. 글쓰기. 나 자신이 되겠다는, 가장 강력한 행동.

쓰기의 힘, 믿지 않아도 필요한

"자네가 무언가를 간절히 원할 때 온 우주는 자네의 소망이 실현되도록 도와준다네." 파울로 코엘료의 세계적인 베스트셀러 《연금술사》에 나오는 문장이다. 간절히 원하면 우주가 도와준다는 말은 이후 (역시 세계적 베스트셀러였던) 《시크릿》에서도 반복되었고, 심지어 그 말을 한국에서는 뉴스에서도 볼 수 있게 되었다. 우주의 기운을 끌어당기는 일이 가능할지는 입증이 불가능하지만, 간절히 원하는 일이 이루어지는 일이 없는 건 아니다. 간절히 원하는 일이 있다면 그것을 이루기 위해 온갖 노력을 다 하기 때문이다. 결국 하늘도 스스로 돕는 자를 돕는다.

일본 아마존 베스트셀러 종합 1위에 오른 《3개의 소원 100일의 기적》도 그런 '우주가 도와준다' 류에 들어가는 자기계발서다. 책 제목이 스포일러라고 할까, 책 제목에 내용이 다 들어 있다. 세 개의 소원을 100일 동안 매일 잠들기 전에 세 번씩 쓰면 소원이 이루어진다는 내용이다. 나름의 성공 사례도 실려 있다. "모태솔로이던 내가 생전 처음으로 여자 친구를 사귀었다.”(30대 남성) “30세가 넘어서 원하던 회사에 취직했다.”(30대 여성) 이 책에는 소원을 적는 법이 구체적으로 나와 있는데, 100일 후에 이루어질 것으로 정하고, 부정어와 형용사는 사용하지 않아야 한다. 완료형이나 진행형으로 쓰고, 소원은 각각 15~25자 사이로 한다. 자기 이외의 누군가가 행복해지는 모습을 머릿속으로 그리는 것도 필수. 소원을 세 번씩 쓸 때도 숨을 크게 들이마시고 한 소원을 세 번 쓰고 숨을 내쉬라는 조언도 있다. 수상한 신비주의 같아 보여서 한숨이 나오는 부분도 있지만 분명한 사실은, 뭘 이루고 싶다는 소원을 혼자 가끔 생각하는 것과 글로 적어서 눈으로 보는 것 사이에는 차이가 있다는 것이다.

100일간 매일 자기 전에 소원을 세 번씩 쓴다는 것도, 그냥 글로 쓰는 것만이 아니라 그것이 이루어졌을 때를 구체적으로 머릿속에 그려보라는 조언이 더해지는데, 이 역시 표현만 약간 다를 뿐이지 큰일을 앞두고 긴장을 없애는 스포츠 선수나 정치인들의 방법론으로도 종종 언급되는 것들이다. 자신의 이상적인 모습을 이미지화해 생각하는 것인데, 이미지화라는 게 어렵다면 글로 적으라는 것이다.

이 책에서 특히 인상적인 부분이 있었다. “잠재의식에는 꿈도 이상도 없다. 지금의 현상을 유지하는 것만이 목적이다. 가장 안심할 수 있고 안전하기 때문이다.” 뜻밖에도 안주하고 싶다는 마음이 지금의 불만스러운 자신을 만들고 굳어지게 한 경우를 많이 본다. 안 좋을지라도 예측 가능한 것이, 좋고 예측 불가능한 것보다 마음 편하다는 사고방식. 세 번씩 소원을 쓰는 것보다 중요한 게 있다면, 어쩌면 모르는 일을 두려워하지 않는 마음일지도 모른다. 대체로 우리의 소원이라는 건, '지금의 나와는 영 딴판인 나'가 되고 싶어 하는 것 아니던가.

이제 와 말이지만 쓴다고 이루어질 리는 없다. 그럼에도, 간절히 이루고 싶은 것 세 가지를 구체적으로 숙고해 적기만 해도 지금의 내가 겪는 고통의 진원지를 파악하는 데 도움이 된다.

나는 내 글의 첫 독자다

학생들에게 말할 기회가 생기면 꼭 하는 당부가 있다. 악플을 쓰지 말라고. 당신이 쓴 글을 세상 누구도 안 읽을 수 있지만, 당신 자신은 읽는다. 그 말은 다른 사람에게 향하기 전에 당신 자신을 향한다. 물론 악플을 쓰지 말라는 이유는 몇 가지가 더 있다. 남에게 상처주는 말을 벼르는 재능은 없느니만 못하다. 남이 어떤 말에 아파할지 궁리하며 에너지를 쓰지 말자.

악플러를 잡고 보니 가까운 사람이더라는 경험담을 듣게 되기도 한다. 아는 사람에 대해 익명으로 악플을 단다는 말이다. 잘되는 게 배가 아파서, 하는 짓이 기분 나빠서, 혹은 그냥 날이 궂어서. 그런 이들은 사정을 잘 알기 때문에 누구보다도 뾰족한, 아프게 하는 악플을 달기 마련이라, 고소하고 보면 아는 얼굴이라는 말이다. 로버트 그루딘은 《당신의 시간을 위한 철학》에서 "범죄 가운데 가장 만연하고 많이 재발하면서도 좀처럼 법으로 처벌할 수 없는 것이 근거 없는 헐뜯기, 즉 중상이라는 달콤하고 사교적인 공격이다"라고 말했다. 중상의 세 가지 기본 조건은 이렇다. "(1) 헐뜯는 사람과 듣는 사람이 곁으로는 친구이고, (2) 듣는 사람은 대체로 그 내용과 말한 이를 피해자에게 드러내기를 꺼리며, 역설적이지만 (3) 헐뜯는 사람과 그 피해자가 겉으로는 친하다."

이외에도, 순간적인 충동으로 쓴 악플이 인터넷이라는 구천을 떠돌다 나중에 취업을 비롯한 중요한 순간에 발굴되는 경우도 충분히 있을 수 있으니 주의할 필요가 있기도 하다. 악플을 한 번만 쓰는 사람은 없는 법이라, 타인에 대해 아무렇게나 해버리는 나쁜 말은 쉽게 습관이 된다. 그것 역시 악플을 쓰지 말라는 이유가 된다. 말이 길었는데, 요는 말을 칼로 쓰지 않았으면 해서다.

조지 손더스는 시러큐스대학교 학생들을 위한 졸업 연설에서, 삶에서 가장 후회되는 순간에 대해 말했다. 가장 후회되는 순간. 가난? 남에게 보일 만하지 못한 일을 해야 했던 것? 망신당한 일? 노년에 이른 작가가 후회하는 일은, 친절하지 못했던 것이다. 중학교 때 같은 반에서 놀림받는 친구에게 친절하게 굴지 못했던 일을 포함해서. 그가 쓴《친절에 대하여》에는 다음과 같은 문장이 나온다. "내가 지금까지 살아온 과정에서 가장 후회하는 것은 '친절하지 못했다'는 것입니다. 다른 사람이 내 앞에서 고통받고 있던 때 나는 이렇게 반응했습니다. 이것저것을 따지며 새치름하게, 적당하게." 원하는 삶을 향해 나아가는 길 위에서 마주치는 다른 이들에게 친절하게 대하는 일. 매일, 어제보다 친절한 사람이 되기. 인생은 실수로 가득하기 마련이지만, 밝게 빛나는 것들을 가까이하고 그 열매를 남들과 나누라는 조언.

나는 내 글의 첫 독자다. 이것은 많은 작가들이 글을 쓰는 멋진 이유가 된다. 내가 읽고 싶은 글이 세상에 없어서 내가 쓴다. 남이 읽어주는 것은 그다음의 행복이다. 일단 쓰는 내가 느끼는 즐거움이 존재한다. 쓰고자 하는 대로 써지지 않는 고통이 있고, 그래서 퍼붓는 노력이 있고, 더디지만 더 나은 형태의 결과물을 만들어간다. 남이 알기 전에, 그 매일에 충실한 나 자신이 먼저 안다. 나는 내 글의 첫 독자다.

새벽 세 시의 나에게

바쁘다. 그 말을 입에 달고 사는 이유는, 살펴보고 닦고 기름
치고 조여야 할 것들을 무시하기 위해서인지도 모른다는 생각
이 들었다. 예를 들면- 요가 학원에 가서 강사의 말에 따라 반
듯하게 눈을 감고 누워 있으면 갑자기 전신의 통증이 심해진
다. 몇 초 지나지 않아 어깨가 아프고 다리가 저리며 무릎이
쑤신다. 그냥 누워서 눈을 감고 호흡만 신경 써서 해도 그 지
경이다. 삶의 문제들 역시 대체로 그러하다. 아무 생각 없이 카
드를 쓰다가 재정 상태를 살피는 순간, 매일 누군가와 만나다
가 인간관계를 돌아본 순간, 커리어가 어쨌든 굴러는 간다 안
도하다가 현재를 점검하고 미래를 모색하는 순간, 모든 것이
비명을 지르기 시작한다. 오지은의 《익숙한 새벽 세시》의 프
롤로그는 이렇게 겁을 먹고 걸음을 서두르느라 모든 것을 엉
망으로 만드는 것이 나 하나만은 아니라는 사실을 알게 한다.
"어느 날 우편함을 보니 편지로 가득 차 있었다." 시시한 고
지서로는 "당신은 서른넷입니다"가 있고, 조금 심각한 편지로
는 "당신이 재미있어 하던 것들이 재미없어졌다는 사실을 눈

치채셨습니까? 새로운 재미 역시 원활히 공급되지 않을 것임을 알려드립니다"가 있으며, 심각한 편지도 있었으니 "작업의 샘이 말랐습니다. 새로운 샘을 찾아 떠나겠습니까? 주의: 영원히 발견할 수 없을지도 모름", 마지막으로 가장 절망적인 편지는 "귀하가 그동안 메우려고 했던 마음의 구멍은 평생 메울 수 없는 것임을 알려드립니다"였다. 그래서 이 책은 '장송곡'으로 시작한다.

여기, 음악을 만들고 글을 쓰는 사람이 있다. 만드는 일이 어려워지는 것은 물론이고, 즐기는 일부터 막히기 시작했다. 음악을 듣지 못하고, 영화를 보지 못하고, 책을 읽을 수 없게 된다…. 결국 시간을 갖기로 하고 교토로 떠난다. 그렇게 이어지는 이야기는, 한 편의 소설 같다(참고: 이 책은 에세이다). 오사카 간사이 공항에 도착하면서부터의 소소한 일들이 그려지고, 2007년 첫 앨범을 직접 제작하던 때로 잠시 플래시백했다가, 십 대 때 미래의 자신의 삶을 바라며 적었던 글귀로 클로즈업한다. 고개를 들면 갑자기 현재. 아주 더디게, 뭔가를 사거나 먹거나, 구경하거나, 기대하거나, 후회한다. '정신과'라는 제목의 장에 이르기까지는 모든 것이 어딘가 슬프고 아련한 소설 주인공의 이야기 같다. 하지만 탈진증후군이라는 진단명이 갑자기 천둥 같은 음향효과를 거느리고 뚝 떨어지고 나면, 지금까지 읽은 글이 다 다르게 읽히기 시작한다.

사람들 앞에서 무언가로 보이는 일을 생업으로 하는 사람 특유의 인장이 박힌 솔직함이 어떤 것인지 알 수 있다. 새벽 세 시에 '익숙한'이라는 형용사를 붙이는 사람만이 갖는 차갑고 어두운, 매혹적인 그림자.

　　새벽에 쓴 편지는 부치지 말라는 말이 있다. 그래서 새벽에 편지를 써야 한다면 수신인은 나 자신이 되어야 한다. 새벽 세 시에 쓰는 모든 글의 수신인은 나 자신이 될 수밖에 없다. 도무지 당신 자신에게 솔직한 글을 쓰기 어려운가? 잠들기 어려운 새벽 세 시, 자다가 깬 뒤 다시 잠들 수 없는 새벽 세 시에 글을 써보시라. 불안, 우울, 불행의 그림자가 유독 짙은 시간에, 그 모든 감정을 글에 수납한다. 이 글은 굳이 퇴고할 필요는 없다.

남 눈치를 보지 않는다는 말

SNS가 바꾸어놓은 것이 어디 한두 가지겠는가만은 '멋진 일상'에 대한 생각을 고정시켜 놓은 것처럼 큰 변화는 없는 것 같다. 이제 우리는 항상 타인의 행복에 노출되어 있고(스마트폰을 버리고 무인도로 떠나지 않는 한 우리는 계속해서 누군가의 자랑을 보게 되리라), 어느 정도의 여가가 '자랑할 만한' 것인지 끊임없이 재고 따지게 되었다.《나는 아주 작은 것부터 시작했다》를 쓴 닉 소프도 그런 생각을 했다. "소셜 미디어의 여파로 사람들이 자신의 삶을 하나부터 열까지 보여주기 식으로 드러내다 보니 이런 현상이 확대되는 것이 분명하다. 남들 못지않게 잘 사는 모습을 보여야 한다는 부담감이 지나치게 커져서 점점 많은 사람들이 변화의 방향과는 달리 소셜 미디어뿐 아니라 모험과 새로운 경험에서 오는 해방감과 즐거움까지도 멀리하고 있다."

닉 소프는 해본 적이 없는 일을 하나씩 해보기로 했다. 일주일에 하나씩 1년간. 아주 작은 것부터 시작했다. 수염을 길

러보고, 빵을 직접 만들어보고, 초경량 비행기를 타고 알몸 수영을 하고 제모를 해봤다. 할아버지에게 전화하고, 하루 단식과 시력교정술을 했다. 비아그라 복용, 목공예, 문신, 장세척, 집까지 걸어가기….

고작 저런 것들을 해봤다고 책을 쓴단 말인가 싶기도 하지만, 막상 이런 일을 일주일에 하나씩 한다고 생각하면 녹록지 않다는 생각이 든다. 늘 하던 일, 해본 적 있는 일이 아니라, 안 해본 일들이니 어려울 수밖에. 여기에는 가족과 시간 보내기처럼, 늘 마음은 먹었지만 우선순위에서 미뤄놓은 일도 포함된다.

비일상의 도전을 '중계하는' 내용을 엿볼 수 있다는 재미도 빼놓으면 안 될 것 같다. 일곱 번째 주에 했던 '은밀한 제모', 즉 성기의 털을 전부 왁싱으로 뜯어내는 '브라질리언 왁싱' 경험이 좋은 예다. 닉 소프는 1년간 도전할 52가지 새로운 일에 대해 자신의 인터넷 사이트에 올렸는데, 거기에는 숱한 제안들이 올라왔다고 한다. 그의 친구들은 브라질리언 왁싱을 어서 해보라며 독촉했다. 하체의 털이 앞뒤로 적나라하게 "쫘아아아아악" 뜯겨나가는 과정 내내, 고통과 굴욕감에 시달리는 (옆방에서는 비슷한 고문에 시달리는 사람의 희미한 비명소리가 들려오는 중이다!) 구구절절한 글을 읽고 있자면 너무 웃겨서 눈물이 날 지경이다. 막연하게 해보고 싶다고 생각했던 일들을 하나씩 클리어하고, 남들이 하는 걸 보며 동경했거나 의아했던 것들을 직접 해보기. 아주 작은 일부터 시작하면 된다고 닉 소프는 제안한다. 1년이 지나면 52가지가 된다. 작은 도전의 경험이 쌓여서 큰 그림을 바꾼다. "1년 안에 최대한 많은 일들을 꽉꽉 채워 넣는 것보다 삶에 새로운 경험을 받아들이고 새로운 장소에 발을 내딛고 새로운 친구들을 만나는 일에 접근하는 근본적인 발전이 이뤄져야 할 것이다."

새로운 도전을 성공에 가깝게 하는 비법 중 하나는 바로 글쓰기다. 새로 뭘 배울 때 일기를 써보시라. 수영일기, 글쓰기일기, 금연일기, 산책일기. 새로 마음먹은 것에 대해서는 일기를 쓰자. 기록을 하면서 경험을 되새기게 되고, 조금씩이라도 발전하는 느낌을 받게 되면 꾸준해지며, 일상의 다른 부분과 유사한 패턴을 발견하면서부터는 나를 알아가는 글쓰기가 된다. 목표를 세웠으면 그 목표에 대한 일기장을 만들자. 나는 그렇게 처음 다섯 페이지만 쓴 새 노트를 여러 권 갖고 있다. 중간에 실패하지 않은 도전은 한 권의 책이 된다.

내 삶에 거리 두지 않기

삶의 고통을 견디는 요령 중에는 고통을 타인의 것처럼 바라보기가 있다. 극심한 폭력의 피해자들이 이런 극단적인 방법을 쓴다. 그 모든 일을 당하는 나 자신을 있는 그대로 받아들이기 어렵기 때문이며, 많은 경우 그 고통이 단발성이 아님을 잘 알고 있어서다.

그와 반대의 경우도 있다. 오지 않은 고통으로부터 으레 거리를 두는. 직면해야 할 모든 것으로부터 고개를 돌리기. 글쓰기는 종종 그런 식으로 나 자신을 속인다. 거리 두기, 괜찮은 척하기, 경험으로부터 배우기를 거부하기. 거리를 두고 관조하는 법을 배우면 다치지 않을 듯하지만, 그렇지 않다. 상처는 보이지 않는 곳에 늘어간다.

마음먹은 대로 눈물을 흘릴 수 있는 소녀가 있다. 열네 살의 아이사와 리쿠. 예쁘면서 독특한 분위기. 완벽한 주부인 엄마와 잘생긴 아빠가 있다. 남자 선생님들은 그녀에게 남몰래 전화번호를 주곤 한다. 어려울 거라고는 없다. 아, 여기가 눈물 흘릴 타이밍이네. 그런 생각이 들면 아이사와 리쿠는 머릿속 수도꼭지를 살짝 돌려 눈물을 흘린다. 하지만 눈물을 흘리는 감정 상태라는 것은 전혀 알지 못한다. 어른들의 사정이라는 것도 그녀에게는 손바닥 안처럼 쉽게 들여다보인다. 예컨대 리쿠의 아빠는 바람을 피우고 있다. 바람피우는 상대는 아빠가 사장으로 있는 회사의 젊은 여직원. 아빠의 애인이 회식을 이유로 집에 온 날, 리쿠는 눈물을 흘린다. 엄마가 (말로 한 적은 없지만) 그것을 원하니까.

만화 《아이사와 리쿠》 초반에, 이런 그녀의 일상을 보면서, 결말이 내다보인다고 생각했다. 냉미녀 리쿠가 눈물이 뭔지 알게 되겠지. 울고 싶지만 울지 못하는 기분, 정말로 눈물이 몸에서 흘러나온다는 기분을. 너무 뻔하지 않은가. 범인은 절름발이고, 아이는 귀신을 본다. 《아이사와 리쿠》는 감정을 배워가는 십 대 소녀의 이야기로군. 스포일러를 하자면, 실제로 그렇게 된다. 시큰둥하게 책장을 넘기던 내가 아이사와 리쿠처럼 변해간다는 것은 예상 밖이었지만.

그려놓은 것처럼 남들 보기에 딱 좋던 리쿠의 일상이 변화하는 것은 아빠의 애인이 아빠를 졸라서 산 앵무새를 집에 가져오면서다. 리쿠는 그 과정을 알고 있었고, 어느 날 앵무새를 맨손으로 죽이려다 실패한다. 엄마가 바라는 일이라고 생각했지만, 엄마는 리쿠를 간사이 이모할머니 집으로 보내버린다. 간사이 사투리조차 싫어하는 리쿠는 시간이 가기만을 바란다.

그곳의 식구들은 다 끔찍할 정도로 시끄럽다. (그리고 그들과의 관계에서 리쿠가 변해간다.) 리쿠의 엄마는 그동안 자기만의 시간을 갖고 싶었다. 결혼하고 아이를 키우면서 포기했던 자기 인생이라는 것을, 더 늦기 전에 탐색하고 싶었다. 남편이 바람피우는 것 정도는 모르지 않았지만, 그게 문제는 아니었다. 그것을 제외하면 나쁜 것이 없었으니까. 리쿠의 아빠는 딸이 떠나 있는 동안 아내가 전 같지 않음을 알아차린다. 아내가 전처럼 신경 써서 음식을 하지도 않고, 따뜻한 가정의 분위기가 증발했다. 아내에게 슬쩍 묻기를, 애인과의 관계를 정리할까? 하지만 그 역시도, 심경 변화가 있어서라기보다는 '완벽한 가정'의 그림이 아쉬워져서 한 충동적 행동이 아니었을까 싶은 장면이 이어진다.

울고 싶지 않아도 울 수 있는 재주. 그건 아무것도 아니다. 우는 법을 배우거나 울지 않는 법을 배우고, 어떤 기분인지 아랑곳하지 않고 살아가고, 어떤 마음이었는지 잊어가면서 매일을 잘도 흘려보낸다. 남이 나를 바라보는 모습이 괜찮은 이상 아무래도 상관없다고 믿어버린다. 리쿠가 부모 곁에서 멀어져 있는 동안, 리쿠가 그동안 두르고 살아왔던 삶의 태도가 어디로부터 왔는지가 더 명확해지고, 리쿠는 뒤늦게 진짜 감정이라는 것을 경험하기 시작한다. 나 자신의 삶으로부터 거리 두기에 실패하는 순간 그 모든 것이 진짜 나의 것이 되어버린다.

무대는 당신의 방이 될 수도 있다

한 남자가 42일간의 가택연금형을 받았다. 죄목은 1790년 당시 불법이었던 결투를 했다는 것이었다. 방 안에서 꼼짝도 못하게 되자 그는 방을 여행하기로 했다. 그자비에 드 메스트르의 《내 방 여행하는 법》은 그렇게 태어났다. 애초에 군인이었고, 이 책 이후에 꾸준히 작가로 활동하게 되었으니 가택연금형이 좋은 일을 한 셈이라고 할 수도 있겠다. 책을 출간하게 된 것 역시 그의 의지는 아니었다. 형에게 그냥 원고를 보여주었을 뿐인데, 유명한 정치사상가였던 그 형이 알아서 익명으로 책을 출간했다는 것이다.

《내 방 여행하는 법》은, 천연덕스럽게 시작한다. 마치 아주 오랫동안 꼭 떠나고 싶었던 여행을 이제야 시작하게 되었다는 투다. "무엇보다 돈이 한 푼도 들지 않는다는 점을 이 여행의 미덕으로 꼽고 싶다." 날씨 걱정할 일이 없고, 도둑을 만날 걱정도 없다. "사랑의 배신을 겪고 모든 것을 버리고 세상과 담을 쌓으려는 음울한 생각으로 가득한 그대여, 밤의 상냥한 은둔자로 세상과 인연을 끊고 규방에 평생 틀어박힌 그대여, 그대들도 오라!" 그리고는 자신이 더도 덜도 아닌 42일간 방에 갇혀 있게 된 사연, 즉 결투를 할 수밖에 없었다는 말도 더한다. 대놓고 무시당하거나, 누군가 당신의 여자에게 허튼 수작을 부린다면 결투 말고 무슨 방법이 있겠느냐는 식이다.

그러고는 하루 한 꼭지꼴로 방 여행을 시작한다. 방이 얼마나 넓기에 여행씩이나 하나 싶을 수 있지만, 아무리 넓어봐야 방이라는 말을 덧붙일 것은 없으리라. 이 여행이 42일이나 걸린 이유는 단순한데, 정해진 규칙과 방법을 따르지 않고 누비고 가로지르며 때로 우연에 기대고 정신적인 탐험도 기꺼이 했기 때문이다. 첫 번째 주목한 사물은 의자다. "사유하는 인류에게 이보다 유용한 물건은 없으리라. 기나긴 겨울밤, 세상사 소란에서 벗어나 그 속에 몸을 묻고 있으면 한없이 차분해지고 때로 달콤함까지 깃든다." 의자 다음의 물건은 침대다! "보기만 해도 아주 좋다." 우리의 탄생과 죽음을 모두 지켜보는 이 침대는 고통스럽고도 달콤한 기분이 들게 하며 또한 야릇한 감정을 품게 한다.

짧은 글이 주를 이루지만 예술에 대한 사유나 삶에 대한 통찰은 허투루 넘길 수 없는 것들이다. '반박'이라는 글에서 그는 세상 모든 평자들이 새겨들을 만한 논평을 한다. "어떤 문제에 대해 이론적으로 분석하는 글을 쓸 때는 어조가 단정적이 되곤 하는데, 이는 글쓴이가 제가 회화를 옹호할 때 그랬던 것처럼 겉으론 공정한 척하면서 미리 어떤 암묵적 판단을 내리고 있었기 때문입니다. 그렇게 쓴 글은 반박을 낳을 수밖에 없고, 결론은 미심쩍을 수밖에 없지요."

그자비에 드 메스트르의 《내 방 여행하는 법》은 알랭 드 보통의 《여행의 기술》에 언급되기도 했거니와, 이후 마르셀 프루스트, 수전 손택을 비롯한 작가들에게 영향을 끼친 책이다. 여행의 맛이 '발견'에 있다면, 우리가 발견을 통해 가장 놀랄 장소는 우리가 일상을 영위하는 방일 것이다. 가장 익숙한 장소를 발견하는 법을 배운다면, 낯선 장소에서는 더 많은 것을 발견하고 또한 배우리라.

"소나무에 대해선 소나무에게 배우고, 대나무에 대해선 대나무에게 배우라." 마쓰오 바쇼의 시학이다. "대상과 그대 자신이 분리되어 있다면, 그때 그대의 시는 진정한 시가 아니라 단지 주관적인 위조품에 지나지 않는다." 류시화 시인이 번역한 《바쇼 하이쿠 선집》은 마쓰오 바쇼의 하이쿠 1100편 중 350편을 골라 창작한 연대순으로 실으며 해설을 덧붙였다. 1행으로 된 원문이 함께 실려 있는데, 한국어로 번역된 시는 운을 구분하기 위해 3행으로 쓰였다. 책 말미에는 바쇼가 40대에 떠났던 다섯 차례의 여행 지도가 실렸고, 류시화가 쓴 장문(60쪽이 넘는다)의 해설이 추가되었다. 5·7·5자로 된 정형시인 하이쿠. 총 17자밖에 되지 않지만 그 안에 바쇼의 일상, 여행, 삶에 대한 생각과 그가 당시 겪던 계절의 분위기가 고스란히 담겨 있다. 하이쿠만으로도 충분히 그 아름다움을 즐길 수 있지만,《바쇼 하이쿠 선집》은 해설을 통해 시어가 원래 쓰였던 의미를 약간이나마 이해하게 돕는다.

"내리는 소리/ 귀도 시큼해지는/ 매실 장맛비"

음력 5~6월에 내리는 장맛비를 '매우梅雨'라고 한다. 매실이 익을 무렵에 내리는 비라는 뜻인데, 매실은 익어도 발효시키기 전에는 시어서 먹을 수 없다. 바쇼의 초기 작품으로, 장맛비를 매실의 신맛으로 연결 지었다.

"풀 죽어 숙였네/ 세상이 거꾸로 된/ 눈 얹힌 대나무"

바로 연상할 수 있는 낯설지 않은 이 풍경을 그리면서, 바쇼는, "아이를 병으로 잃은 사람의 집에서"라고 적어두었다고 한다. 대나무는 바로 아이를 잃은 부모로, '노'라고 불리는 일본 전통 악극에서 눈 얹힌 대나무가 눈 속에서 얼어 죽은 자식을 애통해하는 어머니의 이야기로 통하기도 한다.

51세에 여행을 떠난 길 위, 오사카에서 세상을 떠난 바쇼의 마지막 하이쿠는 최후의 자신의 모습을 그리고 있다. "방랑에 병들어/ 꿈은 시든 들판을/ 헤매고 돈다" 여기까지 차분하게 읽고 나면, 하이쿠에서 그저 아름답게만 보였던 수많은 시어들이 사실 길 위의 고단함으로부터, 그리고 오랜만에 어렵게 만난 이들과의 순간의 재회로부터 나왔음이 보인다.

여행을 기록하고 싶은데 귀찮아 죽겠을 때

여행을 어떻게 기록하는가? 사진을 찍고 동영상을 찍는다. 글을 쓰고, 들리는 소리를 녹음한다.

이건 누구나 다 한다. 여행에 대해 쓰기의 가장 중요한 단계는 엄청난 귀찮음을 물리치고 '정리'하는 것이다. 나도 자주 실패하는 과정이다. 내 남동생은 여행을 다녀오면 사진 먼저 정리한다. 데스크탑에 사진 먼저 폴더를 만들어 넣는다. 가족 여행을 다녀온 기록을 알기 위해서 나도 동생의 블로그를 찾아 들어간다.

사진첩에는 사진 수천 장이 있다. 클라우드 용량이 얼마인지 기억나지 않는다. 제일 큰 걸로 해놨다. 혹시 모르니까. (그리고 대용량의 디지털 쓰레기장 같은 상태다. 의심할 여지없이.)

다른 말로 하면, 여행에 대해 글을 쓸 일이 있을 때는 사진 정리부터 먼저 해야 한다. 여행을 다녀오면서 정성스럽게 모아온 영수증이나 입장권도 정리하지 않으면 그저 짐이고 쓰레기일 뿐이다.

여행에 대해 쓰고 싶다면 여행이 끝난 뒤 자료 정리하는 법을 먼저 익힌다. 보고 들은 것은 기억에서 사라지기 전에 글로 옮겨본다.

나는 'Bear'라는 앱을 사용하는데, 장소별로 사진과 함께 몇 줄 적는다. 더 정확하게는 적으려고 노력한다. 지금 흘러나오는 음악이 뭔지, 공간에 들어선 순간 어떤 향이 나는지, 사람들은 얼마나 있으며 얼마나 시끄럽거나 조용한지. 난 무엇을 보거나 먹거나 마시는지.

당신이 여행기를 쓸 생각까지는 없다면, 이건 어떨까.
돌아오는 차편에서 핸드폰 메모장을 열어서 생각나는 것들을 적어본다. 보고 경험한 것 말고, 앞으로 하고 싶은 것을 적는다. 여행을 막 마무리하는 시점의 인간처럼 자기 자신을 사랑하고 긍정적이며 모험심이 넘치는 인간을 나는 알지 못한다. 스스로에게 너그러워지고 희망에 찬 그 순간 당신이 원하는 것을 한번 적어보라. 그리고 스스로에 대한 믿음이 위태로울 때 꺼내볼 것.

내가 아는 한, 휴가를 마치고 일상에 막 복귀하려는 순간의 인간보다 야들야들한 생명체는 없다.

경험이 글을 살려준다

나이를 먹으면서 알게 되는 삶의 진실 중 하나. 나라는 인간의 특징이자 개성이라고 생각했던 것들은 사실 젊음이었다. 여행에 관련된 거의 모든 것이 그렇다. 비행기 타는 것을 너무 좋아한 나머지 경유항공편 타기가 취미였다. 침대 여덟 개 있는 도미토리 룸에서 자고, 아침엔 바나나 하나 저녁엔 기네스 파인트 한 잔으로 사흘씩 돌아다녔다. 숙박비가 아까우면 도시 간 이동은 심야버스나 심야기차를 이용했고, 그런 선택을 하는 사람이 나라고 생각했다. 그건 그냥 젊어서 그런 것이었다. 아침보다는 밤에 원고를 더 잘 쓴다든가, 술 마시며 밤새도록 어울리길 좋아한다든가 하는 것 전부.

《빌 브라이슨 발칙한 영국산책 2》는 자동 주차 차단기에 머리를 부딪힌 뒤 곧 죽는다는 청승을 떠는 빌 브라이슨으로 시작한다. 그것도 무려 도빌에서. 도빌로 말하자면 프랑스의 바닷가 도시로, 도시의 이름을 딴 영화제가 열리며, 에릭 로메르 영화들에서 종종 등장하던 바닷가 풍경을 볼 수 있는 곳이다. 그리고《빌 브라이슨 발칙한 영국산책》을 쓴 지 벌써 20년이나 지났음을 알게 된다. 빌 브라이슨이, 나이를 먹으니 다치는 법도 새로 발견하게 된다며 투덜거리며 시작한다.

　미국인이었던(지금은 영국 시민권을 획득했다) 빌 브라이슨이 처음 영국에 가서 영어가 안 통하더라며 늘어놓는 단어들만 봐도 5분은 웃을 수 있다. 카키(khaki)와 자동차 열쇠(car key), 문자(letters)와 상추(lettuce), 침대(bed)와 벌거벗은(bared), 업보(karma)와 더 고요한(calmer). 하여튼 빌 브라이슨은 이 책을 쓰기 위해 영국을 가장 길게 그어 나오는 루트를 '빌 브라이슨 길'이라고 이름 붙인 뒤 여정을 짰다. 그래서 이 책은 1권보다 20년은 늙은 빌 브라이슨의 다소 힘에 부쳐 보이는 여행기이기도 하고, 그럼에도 투덜거리는 체력은 여전하다는 데서 오는 재미로 가득한 읽을거리기도 하다. 그리고 이 책의 가장 아름다운 부분은 가능한 이전에 방문한 적이 있는 지역은 제외하기로 했다는 사실에서 온다. "길모퉁이에 서서 마지막으로 왔을 때보다 얼마나 더 나빠졌는지 투덜거리는 것은 대단히 위험한 행위이기 때문이다." 그럼에도 영국을 말하기 위해 빼놓을 수 없는 런던은 포함했으니 전혀 모르는 곳만 나올까 걱정할 필요는 없다. 읽어가다 보니, 정말 20년이 흐른 것이다. 그의 두 딸은 임신해서 둘 다 런던에 살고 있다.

　침대에 누워서 이 지칠 줄 모르는 투덜거림을 읽고 있자니 어서 휴가 계획을 짜야겠단 생각이 들었다. 투덜거림조차 부럽게 들리다니. 이게 빌 브라이슨이지.

이제 영영 잃어버린 것에 대하여

대학에 가서 나는 책을 많이 읽지 않았고, 음악을 듣고 노래를 불렀고, 영화를 보았고, 사람들을 사귀었다. 소설보다는 신문과 시사주간지가 재미있던 시절이었다. 공부와 무관한 모든 것을 좋아하던 내게는 북미대륙과 유럽에서 십 대를 보낸 교포 친구가 둘 있었는데, 그 친구들이 같이 살던 집에 종종 놀러가 자곤 했던 나는 친구들의 책장에 무수히 꽂힌 영어 원서들을 빌려보곤 했다. 아룬다티 로이, 마거릿 애트우드, 존 어빙이 그때의 독서 목록에 올랐고, 어느 날 아침 친구들보다 일찍 일어났던 나는 또 읽을 무언가를 찾다가 《The Unbearable Lightness of Being(참을 수 없는 존재의 가벼움)》을 발견했다.

모두 잠든 새벽에 책을 읽다가 아침이 되어서는 책을 빌려달라고 청했다. 그리고 오랜 시간에 걸쳐 책을 야금야금 읽었다. 어느 날, 소설 속 카레닌(개 이름이다)이 죽는 대목에서 크게 좌절하고는 한숨 자고 일어나 마저 읽자고 생각했다. 주인공이 둘 다 죽었다는 건 이미 알고 있었다. 그 책의 구성은 그렇다. 하지만 분명 그다음에 이야기가 더 남아 있었고, 그것은 그들이 아직 살아 있던 시간에 대해서였다. 자려고 한참을 노력하다가 실패하고는 일어나 앉아, 또 한 번의 새벽을 책을 읽으며 보냈다. 동이 터오는 동안 혼자 앉아 울며 책을 끝까지 읽었다. 사람이 태어나고 죽는 것 사이에 삶이 있고, 그 가운데의 모든 것이 우리 모두를 각기 다르게 만든다. 생사로만 말해지지 않는 개별의 삶과 고통이 있다. 시작부터 망한 연애를 하던 시절에 어울리던 독서였다. 뭐든 사랑하면 밤을 새지 않고는 의미가 없다고 생각하던 때였다. 이제는 사랑하지 않는 것들을 위해서도 밤을 샐 줄 알게 되었다.

글쓰기, 그중에서도 사적인 산문 쓰기는 애처로운 데가 있다고 느낄 때가 많다. 처음 시작하는 에세이스트는 대체로 실패하기 때문이다. 잃은 것을 글을 통해 되찾고, 되살리고, 복원하고 싶어 하는 사람들에게 산문 쓰기는 피할 수 없는 도전이 된다. 그리고 그것을 쓸수록 당신은 그것을 잃었음을 체득할 뿐이다. 잃어버린 것들이 문자가 되어 눈앞에 겹겹이 쌓여간다.

성공하기 위해 글을 쓰는 사람도 세상 어딘가에는 있을 테고, 그 노력이 또한 성공을 거두기도 하겠지만, 글을 쓰려는 사람들은 언젠가 자기 안에 있었고 더 이상 존재하지 않게 된 '나'라는 인간을 복원하고자 노력한다. 사적인 글쓰기가 간지

럽거나 오글거리는 이유는 애초에 그런 이유로 쓰기 시작했기 때문이다. 좋은 것을 좋은 대로 벅차게 솔직하게 쓰는 것을 언젠가부터 오글거린다고 한다. 공적인 글쓰기에서야 막무가내의 감정을 드러내지 않는 편이 좋다는 데 동의하지만, 당신 자신과 당신이 사랑하는 이들을 위한 사적인 글쓰기라면 좀 더 오글거려도 좋으리라.

상처를 글로 옮길 수 있다는 것

4285km에 달하는 PCT(퍼시픽 크레스트 트레일)를 걸어서 여행한 셰릴 스트레이드의 동명의 논픽션을 바탕으로 영화화한 〈와일드〉에는 세상 모든 엄마와 딸들의 가슴에 대못을 박는 대목이 여럿 있는데, 그중 하나는 차를 타고 가는 모녀의 대화다. 책《와일드》에서 인용하면, 셰릴은 엄마 바바라에게 이렇게 말한다. "내가 지금 스물한 살이 되어 얼마나 더 똑똑해지고 교양 있어졌는지 보면 놀랍지 않아요? 엄마의 스물한 살 때랑은 차원이 다르다고!"

책에는 엄마의 대답이 실리지 않았다. 하지만 영화 〈와일드〉에서는 엄마를 연기한 로라 던이 이렇게 답한다. "난 언제나 네가 그렇게 되기를 바랐어. 하지만 그게 내게 상처가 될 줄은 몰랐다."

이 대화는 '어떤 책을 읽을 것인가'라는 이슈로 반복된다. 영화의 한 장면에서 셰릴(리즈 위더스푼)은 제임스 미치너의 책을 읽는 엄마에게 자신은 에리카 종이나 에이드리언 리치, 플래너리 오코너의 책을 읽는다고 한다. 엄마도 그런 책을 읽어야 한다고. 그 작가들의 차이에 대해 영화는 설명을 생략하지만 책에는 좀 더 자세하게 쓰여 있다. PCT를 걷던 셰릴은 한 가족이 머무는 통나무집에서 씻고 식사를 하게 된다. 모처럼 뜨거운 물로 씻은 그녀는 식탁 끄트머리에 놓인 책 몇 권을 보게 된다. 셰릴의 가방 안에는 플래너리 오코너의 단편집이 들어 있었다. 이미 완독했지만 다른 책이 없어 전날 밤부터 다시 읽기 시작한 상태였다. 그런데 '책을 읽을 생각이 있다면'이라며, 가족 중 아버지인 제프가 제임스 미치너의 《소설》을 가져다준다. "제임스 미치너는 엄마가 제일 좋아했던 작가였지만, 그 책은 처음 보는 것이었다. 대학에 들어갈 때까지 나는 미치너의 책을 읽으며 그게 뭐가 잘못되었는지 몰랐다." 대학 때 그녀가 만난 교수는 앞으로 정말 진지한 작가가 될 생각이 있다면 제임스 미치너의 책 같은 건 신경 쓸 필요가 없다고 충고한다. 그래서 셰릴은 제임스 미치너를 좋아하는 엄마에게 훈계한다. "엄마는 그게 진짜 책이 아니라는 것도 몰라?"

그리고 시간이 흘러 엄마는 세상을 떠났고, 셰릴은 자신이 좋아하던 책들을 길 위에서 읽고 있다. 영화 초반부터 인상적으로 등장하는 에이드리언 리치의 시집 《공동 언어를 향한 소망》(한국에서는 《문턱 너머 저편》에 수록되어 있다)도 그중 하나다. 그중 〈힘〉이라는 시는 마리 퀴리의 삶에 대해 말한다. "그녀는 상처를 부인하면서 아주 유명한 여인으로 죽었다/ 자신의 상처가 자신이 지닌 힘과 똑같은 원천에서 나왔다는 것을/ 부인하면서"

이제 길 위에서, 셰릴은 에이드리언 리치의 시를 밤바다의 등대처럼 아끼는 동시에 제임스 미치너의 소설 《소설》을 읽기 시작한다. 그리고 기억이 떠오른다. "사실은 나도 그의 책을 엄청 좋아했으면서. 열다섯 살에 《떠돌이들》을 네 번이나 읽지 않았던가." 제임스 미치너는 소설 《남태평양 이야기》로 퓰리처상을 수상했다. 《와일드》에서 '진짜 책' 논쟁에 그의 이름이 언급된 이유가 재미있고 의미 있는 까닭은 그것이다. 우리가 어떤 책을 '진짜'(혹은 '가짜')라고 부르는 것은 어떤 의미일까? 정말 그런 이분법은 존재할까? 그 구별 짓기는 우리 자신의 삶의 어떤 부분을 드러내는 것일까.

아버지에 대한 책을 내자는 제안을 받은 적이 있다. 《와일드》 책과 영화를 읽고 보면서 나는 부모님 생각을 많이 했고, 내가 부모님으로부터 받은 문화적 영향을 생각했다. 쓰고 싶은, 사랑스러웠던 많은 추억들과, 절대 쓸 수 없을 거라고 생각하는 기억들이 나를 괴롭혔다. 언젠가 죽기 전에 부모님에 대해서 긴 글을 쓸 수 있을지도 모르겠다. 지금으로서는 할 수 없다. 셰릴 스트레이드가 어머니의 죽음 이후에 길을 떠날 수 있었던 것처럼, 나도 집의 모든 어른들이 세상을 떠난 이후에야

독립을 할 수 있었다. 거기에는 말로 할 수 없는 일들이 있었다. 부모님의 죽음이란 많은 이들에게 그렇다.

《와일드》에서 내가 읽은 것은 용기다. 상처를 글로 옮길 수 있게 된다는 것은 그런 뜻이다. 셰릴 스트레이드가 PCT를 완주한 때는 1995년이었고 책이 출간된 해는 2012년이다. 어떤 일을 온전히 받아들이고 다음 발걸음을 내딛는 데는 시간이 걸린다. 상처에 대해 쓸 수 있다는 말은 상처를 잊었다는 뜻이 아니라 상처와 함께 사는 법을 아는 사람이 되었다는 뜻이다. 당신이 도저히 글로 옮길 수 없다고 생각하는 그 일을, 언제가 되면 글로 옮길 수 있을까. 서두르지 말자. 이것은 이기고 지는 배틀이 아니다.

시인의 자기소개

성인을 위한 시만큼이나 동시를 오래 썼던 일본 시인 다니카 와 슌타로의 시 중에 〈자기소개〉라는 작품이 있다. 반세기 이 상 명사, 동사, 조사, 형용사, 물음표 등 말들에 시달리며 살았 기 때문에 가만히 있는 것을 좋아한다는 것이다. 수면은 일종 의 쾌락이 되었다. 이런저런 말을 한참 늘어놓다가 이렇게 맺 는다.

"여기서 쓴 것은 다 사실인데
　이런 식으로 말로 표현하면 왠지 수상하네요.
　따로 사는 자식 두 명 손자 손녀 네 명
　개나 고양이는 없습니다.
　여름은 거의 티셔츠 차림으로 지냅니다.
　제가 쓰는 말은 값이 매겨질 때가 있습니다."

언젠가 회사 선배가 쓴 자기소개서를 읽은 적이 있다. 내 가 읽은 것 중 가장 멋진 자기소개서였는데, 글 쓰는 일을 하는 회사에 제출하는 것이기 때문에 양식이 자유로운 덕을 보았겠으나, 딱 저 다니카와 슌타로의 〈자기소개〉 같은 자기소개서였다. 저런 산뜻함으로, 그가 살면서 사랑해온 영화들에 대해 쓴 자기소개서였다.

가끔, 설명하기 어려운 '견디기 어려운 기분'에 휩싸여 잠 못들 때가 있다. 그때는 도리 없이 침대에서 일어나 앉아 SNS를 하염없이 한다. 앗차차. 이게 아니고.

그럴 때 시도하는 것이 영화 〈사운드 오브 뮤직〉의 노래 〈My Favorite Things〉 같은 단어 나열하기다. 다니카와 슌타로의 〈자기소개〉와도 비슷하다. 내가 가진 것 중 좋은 것을 적는다. 지난해 K가 보내준 여우 그림이 그려진 연하장, 6개월 전에 예약해둔 여행, 좋아해서 색깔별로 사둔 여름셔츠, 초겨울의 아침잠, 한겨울의 낮잠, 에어프라이어로 해먹는 거의 모든 것, 월급날… 좋아하는 것을 열심히 생각해낸다. 어떤 날은 생각하지 않아도 머릿속으로 생각이 폭포처럼 쏟아져내리고, 어떤 날은 생각해내기가 힘들어서 고통스럽다. 그럴 때는 다니카와 슌타로 식으로 고쳐서 생각한다. "개나 고양이는 없습니다/ 무더운 날에는 현기증이 나지만/ 그럴 때는 천천히 움직입니다/ 일을 다 못한 날에는 커피숍에 갑니다/ 원고는 안 쓰고 스마트폰을 합니다/ 왜 최후의 순간에조차 낭비할 시간은 있는 걸까요"

인터넷이 읽을거리를 무한정 쏟아내는 시대에 시인으로

산다는 것, 한 사람의 자연인으로 늙어 손녀의 결혼을 지켜본다는 것, 어린 시절을 더듬어 기억하는 일이 영원처럼 아득하게 느껴진다는 것. 1931년생(다니카와 슌타로)과 1935년생(신경림)인 두 사람의 대화를 읽고 있자면 간을 하지 않고 재료 그대로의 맛을 살린 요리를 맛보는 듯하다. 대단한 이야기는 오가지 않는다. 하지만 그 행간에 삶에 대한 혜안이 숨어 있다. 앞을 내다보는 일보다 뒤를 돌아보는 일이 익숙한 나이에 "세계는 맥박 치고 있다"는 사실을 감각하고 "한숨 속에서 시를 찾"는 일. 세상을 흘려보내고, 그 안에 나 자신도 흐르듯 사는 일. 바로 지금 이곳의 삶을 원망 없이 끌어안기 때문에 가능하지 않을까. 그것이 나이의 힘인지, 시의 힘인지 알 도리는 없지만 《모두 별이 되어 내 몸에 들어왔다》를 읽으면 그들과 같은 시대에 산다는 게 꽤 힘이 된다.

4
퇴고는 꼭 해야 합니다

당신의 결점은

인내가 없는 것이지 에너지가 부족한 것이 아닙니다.

만약 인내도 에너지도 있다면

고쳐 쓰기를 좀 더 계속해야 합니다.

플래너리 오코너, 《존재하는 것의 습관》
오에 겐자부로의 《말의 정의》에서 재인용

남의 시선으로 내 글 읽기

글쓰기를 업으로 하는 사람들이 꼽는 글쓰기의 가장 중요한 포인트는 '끝까지 쓰기'와 '퇴고하기'다.

퇴고하기란, 공산품 제작 과정으로 말하자면 최종 검수 작업에 해당한다. 출고를 앞둔 물건이 잘못된 부분 없이 기능하는가를 체크하듯이 글을 다시 검토한다. 물론 공산품 제작 과정과 완전히 같지는 않다. 글쓰기의 경우 분량이 많을수록 퇴고 과정에 많은 시간이 걸리니까. 이 단계에서 글이 폐기처분되는 경우도 많다.

퇴고를 할 때는 '남의 시선으로 읽기'가 중요하다. 글을 쓰는 입장에서는 충분히 알고 있는 소재에 대해 쓰고 있으므로, 행간에 생략한 내용도 자동으로 내적 재생해가며 읽는다. 그렇게 본인 글을 본인의 마음으로 읽으면 백번 읽어도 수정이 어렵다. 심지어 맞춤법을 잘못 알고 있는 경우 특정한 오타만 반복해 쓰는 경우도 있다. 글에도 습관이 있다. 〈그것이 알고 싶다〉를 보면 납치범이 실종자인 척 가장해 문자메시지를 지인들에게 보낼 때 이런 면에서 바로 들통나지 않던가.

다른 사람이 글을 읽어주고 평을 해주는 것이 퇴고에는 가장 좋다. 주제에 적당한 필자를 찾거나 타인의 글을 세상에 내놓기 적당하게 다듬는 일을 전문적으로 하는 사람을 편집자라고 부른다. (편집자에 대해서는 따로 이야기하겠다.) 대개의 경우, 편집자에게 내놓을 글을 완성하는 과정에서 일단 스스로 자기 글을 읽는 법을 익혀야 한다.

퇴고에는 크게 두 가지가 있다. 윤문과 교정에 해당하는 문장 다듬기와 글 전체를 감독하기다. 전자는 전문가에게 맡길 수 있으나 후자는 글을 다시 써야 하는 문제일 수 있으며, 대신 해줄 수 없다. 전자와 후자 둘 다 잘하는 사람도 있지만 그렇지 않은 사람이 훨씬 많다.

남의 글을 뜯어고치는 일은 눈감고도 할 수 있으나 본인 글은 지지부진한 전문가가 있다. 화장실도 못 가게 만들 정도로 재미있는 글인데 주술호응도 안 맞는 글도 있다. 어느 쪽이든 확실하게 잘한다면 그것으로 밥벌이는 할 수 있다. 두 가지를 일정 수준 이상으로 해낸다면 글을 쓰는 일로 밥벌이를 하지 못해도 본인이 하는 일에서 글 때문에 곤란을 겪지는 않으리라. 업무용 이메일을 쓸 때도 스스로 다시 읽고 표현을 다듬는 능력이 필요하다. 문자메시지도 마찬가지다.

문자의 형태를 한 의사소통을 할 때 기분이 태도가 되지 않게, 습관이 교양이 되지 않게 하는 문명화 작업이 퇴고다.

편집이 필요한 이유

나는 2000년에 주간지 편집기자로 커리어를 시작했다. 지금도 편집기자로 일하고 있다. 글을 팔아서 경력을 쌓은 기간과 비슷한 시간을 남의 글을 읽는 것으로 밥벌이를 해왔다.

나는 포털사이트에 이메일 확인하러 들어갔다가 일간지 기자 공채 공고를 보고 지원해 합격한 경우였는데, 입사하고 나서도 편집기자가 뭐하는 사람인지 잘 몰랐다. 여기서 가장 놀라운 것은 많은 동료들은 아직도 편집기자가 뭐하는 사람인지 잘 모르는 것으로 보인다는 점이다. 글은 필자가 쓰고, 디자인은 편집디자이너가 하고, 인쇄는 인쇄소에서 한다. 편집자는 뭐하는 사람인가. 이와 유사한 질문은 '영화감독은 뭐하는 사람인가'가 있다. 연기는 배우가 한다. 촬영은 촬영감독이 한다. 편집은 편집기사가 한다….

어디까지나 이해를 돕기 위해 비교해 설명 중이지만 영화감독과 편집자가 같지 않고, 편집자와 편집기자가 같지 않다. 또한 편집기자와 에디터도 다르다. 한국에서는, 일반적으로 단행본을 제작하는 경우에 편집자, 주간지와 일간지를 제작하는 경우에 편집기자, 격월간지와 월간지를 제작하는 경우에 에디터로 구분해 부르는 일이 많다. 이제부터는 이들을 통칭해 편집자라고 부르겠다. 이름에 따라 하는 일이 달라지기도 하지만 매체 성격에 따라 역할을 다르게 분류하기도 한다.

그래서 편집자는 무엇을 하는가. 편집자는 첫 번째 독자다. 글이 독자에게 전달되기 전에 가장 먼저 만나는 독자가 편집자다. 많은 작가들이 편집자와의 합을 중요시하는 것은 그런 이유다. '독자의 반응'이 궁금하면 편집자와 상의한다. 한 사람이 전체를 대표할 수는 없지만, 어떤 작가와 함께 일하게 된 편집자라면 관심사부터 세계관까지가 그나마 비슷할 가능성이 높다. 좋은 편집자를 만나야 한다고 숙련된 작가들이 믿는 이유 역시 거기에 있다. 독자이면서, 내 글을 우호적인 입장에서 읽을 사람이니까. 편집자가 필자의 의지와 다른 방향성을 지니고 수정 요청을 하는 경우에조차 그렇다. 그래서 나와 생각이 다른 순간에 편집자의 의견을 존중할 수 있으려면, 그 편집자의 능력에 신뢰가 있고 그만큼 존중이 필요하다. 글을 수정하라는 요구를 받으면 불쾌감을 표시하기로는 지천명을 넘긴 대작가나 불혹을 넘긴 문학평론가나 이제 막 첫 책을 내는 데뷔작가나 다를 바가 없다. 공들여 쓴 글인 만큼 설령 사실이 아니어도 격려와 칭찬을 원하지 세세하게 토를 달아놓은 수정 요구를 좋아하는 사람은 없으니까. 언젠가는 어떤 소설을 읽은 뒤 출판사 관계자에게 이러저러한 수정이 필요했던 것 같은데 왜 그대로 책이 나왔는가 물어본 적이 있다. 그러자 돌아온 답은, 작가 선생님이 약간은 수정하셨지만 그대로이기를 원하셨기 때문에….

글을 쓰는 입장에서는 모든 문장에 내적 맥락이 존재하고, 그것을 이해받거나 존중받고자 하는 의지가 글쓰기의 중요한 이유가 되기 때문에 수정 요청을 받는다는 사실 자체를 모욕으로 느끼기도 한다. 특히 최근 이슈가 되는 '혐오표현' 관련해 문제의 소지가 있다는 지적을 이해하는 필자는 거의 없다. 이럴 때 편집자는 혐오표현을 그대로 노출한 책을 세상에 내보낼지의 여부로 갈등하게 되는데, 혐오가 심한 저자일수록 본인의 올바름을 과신하는 신기한 현상도 자주 보게 된다. 공부를 많이 해서 좋은 학위가 있다고 타인의 전문분야에 대한 존중이 있는 것은 아니라는 뜻이다.

그러면 편집자와 일을 할 때 기대하는 것은 무엇일까. 단행본이나 긴 기사글의 경우 글의 구성부터 논의하는 경우가 많다. 소설의 경우 설정과 달리 앞뒤 내용이 맞지 않는 경우가 없는지, 습관적으로 반복하는 표현은 없는지를 많이 본다. 글의 전개나 주제 자체에 대한 논의가 이루어지는 일도 있다. 글 내용에 등장하는 사실관계가 적합한지도 따진다. 〈뉴요커〉 같은 매체에서는 윤문교정자가 따로, 사실관계만 확인하는 팩트체커가 따로 있는데, 한국의 경우는 그 모든 것을 편집자가 책임지는 경우도 있다. 맞춤법만 교열자를 따로 구하는 정도

일 뿐이다. 영미 출판문화에는 에이전트가 따로 있어서 수수료를 받고 작가와 출판사를 연결해주기도 하지만 한국은 그마저 존재하지 않는다. 그러니 믿을 수 있는 편집자를 만나는 것은 하늘의 별따기다. 내 원고를 성의껏 검토해줄 사람을 구한다는 뜻인데, 내게 원고를 청탁하거나 내 글을 책으로 엮지 않는 이상 무료로 내 글을 읽어줄 사람을 구하기는 어려운 법이다. 그래서 그 전까지의 단계에서는 내가 내 글을 편집자의 눈으로 바라보는 법을 익히면 좋다. 누군가에게 보일 정도로 완성된 글인가의 여부를 스스로 판단하는 것이 작가에게 필요한 첫 번째 능력이다. 타인의 시선으로 내 글 읽기인 셈이다.

'잘 읽히는 글'이 되어야 하나요

어떤 글에 대해 가장 쉽게 하는 평가는 '잘 읽힌다', 혹은 '잘 읽히지 않는다'다. 어차피 다 한국어로 쓴 글이 무슨 읽히고 말고의 차이가 있나 싶을 수도 있는데, 용건이 명료한 글일수록 잘 읽힌다. 중언부언하면서 필자 자신이 무슨 말을 하려는지 불분명한 글의 경우, 아무리 쉬운 단어만 있어도 잘 읽히지 않는다는 인상을 준다. 또한 일반인을 대상으로 한 글에서 전문용어가 주석 없이 나열될 때도 읽기 까다롭다는 인상을 준다. 여기서 주의할 점이 있다.

잘 안 읽히는 글을 쓴다고 해서 글의 저자가 똑똑해 보이지는 않는다.

술술 읽히는 글은 글쓰기 일반론에서 '좋은 글의 미덕'으로 종종 이야기된다. 나 역시 그렇게 배웠다. 내가 글쓰기를 배운 곳이 주간지였기 때문이다. 일간지 글쓰기의 경우, 단어나 표현, 풀어쓰기의 정도를 초등학교 고학년이 이해할 정도에 맞추라고 배운다. 나는 영화전문지에서 일을 배우면서, 중고등학생 정도에 타깃을 맞추라고 배웠다. 비평글의 경우는 그보다는 더 나이 들고 숙련된 독자를 대상으로 해도 되지만, 기사의 경우는 십 대 후반의 독자 정도면 이해할 수 있게 쓰도록 훈련한다. 종종 아주 어려운 개념이나 이해관계가 복잡한 사회제도에 대해 후련할 정도로 멋진 비유를 써 설명하는 사람들이 있다.

하지만 모든 것을 '풀어' 설명할 수는 없다.

일반상대성이론에 대해 배우던 때의 일이다. (나는 일반상대성이론을 배웠다고만 했지 이해했다고 말하고 있지 않다는 점을 유념해달라.) 너무 어려워서 '말하자면 이런 건가요?' 하고 자꾸 이상한 비유를 가져다 대는 학생에게 물리학과 교수가 말했다. "세상에는 한 번 정도 어렵게 어렵게 고민해서 이해해야 하는 것도 있다. 모든 걸 다 쉽게 설명할 순 없다. 복잡해서 복잡한데 어떻게 쉽게 풀어주느냐." 필자가 이해를 못해서 어렵게 보이게 쓰는 일도 있지만, 어려운 이야기를 쓰느라 어려워진 글도 있다. 복잡한 현상을 '쉽게' 설명하려고 가지를 다 쳐내고 나면 완전히 다른 이야기가 되는 경우도 있다. 철학이 대표적인 경우고, 역사 또한 그렇다. 철학자가 쓴 책을 이해할 수 없어서 해설서(심지어 비전공자의)만 읽고 철학자의 사상에 대해 논할 수는 없다!

충분히 공부한 사람일수록 '쉽게 풀어서' '간단하게' 말하기를 경계하게 된다. 전문가들이 가장 난감해하는 글쓰기와 말하기는 "한마디로 말씀해주신다면?"이다(유사품은 "간단히 정리해주신다면?"이 있다). 혼자만 아는 세계에 있는 듯 독자를 배려하지 않은 글쓰기를 하지 않도록 주의하는 만큼이나 간단하지 않은 내용을 간단하게 '오역'하는 글쓰기도 주의해야 한다.

어떤 글은 역량껏 덤벼들어 읽는 독자의 노력을 필요로 한다. 과학과 수학 문제를 풀 때만이 아니라, 문장을 이해하고 이야기를 꿰는 데 그만큼의 노력이 필요한 때가 있다. 어렵기만 하고 재미없는 글 역시 필요할 때가 있다. '쉽게 쓰기'가 되지 않을 때 혹시 내가 충분히 이해하지 못했는지를 먼저 생각하고, 그게 아니라면 쉽지 않아서 쉬운 글이 되지 않는지를 판단하라. 후자라면, 충분한 디테일과 설명이야말로 독자들의 신뢰를 사는 좋은 방법이다.

반복 잡기

사람 수만큼 문장 습관이 있다. 나에게도 습관이 있다. 작성하면서는 물론 퇴고하면서 빼려고 부단히 노력하지만 완성된 글에 남는 습관이 있다. 글뿐 아니라 말도 마찬가지다. 피곤함을 참고 말할 때일수록 습관이 (습관을 제하려는) 노력을 이긴다.

사실, 예컨대, 이를테면. 내가 가장 자주 쓰고 말하는 표현이다. 퇴고를 할 때는 가능한 제하려고 노력하지만, '이를테면'과 '예컨대'는 내가 말을 세우는 방식이기도 해서 원하는 만큼 없애지는 못한다. 어떤 주장을 하고 예시를 덧붙이며 말하기가 나에게는 익숙한데, 매체 소속 기자로 오래 일한 데서 기인한 습벽이기도 하다.

일단, 딱, 사실, 진짜, 굉장히, 엄청나게, 솔직히, 무척, 너무, 특히….

뒤에 오는 형용사를 '무심코' 강조하는 버릇을 많이 본다. 재미있다는 말이나 굉장히 재미있다는 말이나 읽거나 듣는 입장에서는 유사품일 뿐이다. 강조를 위한 부사어는 많고도 많아, 언제나 새로운 표현들이 개발된다. 아주 오랫동안 강조를 위한 단어로 '대박'이 쓰이고 있는데, 어떤 말이든 많이 쓰이면 정보값이 사라진다. 그냥 '추임새' 역할만이 남는다. 이게 무슨 말이냐고? 지루한 이야기를 늘어놓는 애인의 말을 듣는 사람이 가장 많이 하는 말이 그렇다. "정말?"(정말인지 묻고 있지 않다.) "대박!"(중박이어도 관계없지만 일단 나는 당신의 이야기를 듣고 있다.)

즉, 1차 퇴고에서는 정보값이 없는 부사어를 삭제해본다. '따뜻한'이면 충분한데 '참 따뜻한'이라고 쓰지는 않았는가? 그 뒷문장에서는 '참 조용한'이라고 또 '참'이 등장하지는 않았는가? 강조하는 부사를 쓰지 말라는 뜻이 아니다. 한 번 강조할 때 그 효과를 발휘하려면 남발하지 않아야 한다. '진짜'라는 표현이 한 번 있는 글과 모든 문장에 '진짜'가 들어 있는 글이 있다면, 똑같은 '진짜'라는 단어도 다른 무게를 지닌다. 쓸 때 충분히 역할을 하게 만들려면, 남발하지 않아야 한다.

반복을 잡는다. 원고를 다시 보는 첫 과정에서는 반복을 잡는다. 누구나 자주 반복하는 단어나 표현이 있다. '내 습관'을 알아야 습관을 교정할 가능성이 생긴다.

어떤 습관은 문체라고 불린다. 그래서인지 글을 수정하라고 하면 혹시 문체가 사라지지 않나 고민하는 질문을 받는 일도 있다. 숨쉬기 운동으로 근육 키운다는 소리다.

군더더기 없이 원하는 말을 정확하게 전달하는 글쓰기로 시작한 뒤, 오랫동안 많은 글을 쓰며 패턴을 만들어가면 몰라도, '한 번 더 생각하지 않아서 굳어진 습관'을 문체라고 부르는 경우는 없다.

'것' 지우기

~한 것이다.

습관으로 굳어진 글쓰기 중 가장 흔하게 볼 수 있는 패턴이다. 따로 말하지 않고 글을 써오게 하면, 세 문장에 한 번 꼴로 '것' 폭탄이 떨어진다. 모든 문장에 '것'이 있는 원고지 10매짜리 글도 본 적 있다.

대체로 '것'을 해치우기 위해서는 표현을 명사로 바꾸거나 문장을 손봐야 한다.

다음 문장들을 보자.

예) 사실은 난민을 그린 영화였다는 것을 알게 됐다
→ 사실은 난민을 그린 영화였다
→ 사실은 난민을 그린 영화였음을 알게 됐다

예) 공교롭게도 이들 홍콩영화를 언급하는 것만으로도
→ 공교롭게도 이들 홍콩영화를 언급하기만 해도

예) 만장일치에 가까운 찬성표를 던진 것이다

→ 만장일치에 가까운 찬성표를 던졌다

예) 두 회사의 인수·합병 절차가 최종적으로 마무리될 것이라
    예상되는

→ 두 회사의 인수·합병 절차가 최종적으로 마무리되리라
    예상되는

예) 더 흥미진진한 소식을 기대할 수도 있을 것 같다

→ 더 흥미진진한 소식을 기대할 수도 있겠다

글에서 '것'을 검색해 바꿔본다. 문장 전체의 주어와 술어를 바꿔야 하는 경우도 있다.

이렇게 말하면, '것'을 있어서는 안 될, 문장계의 볼드모트쯤으로 생각할지도 모르겠다. 아니다. '것'을 더 제대로 쓰기 위해서 대체 가능한 '것'을 없애라는 말이다. 왜냐하면 '것'은 완벽한 것이기 때문이다. 이렇게 쓰인다면.

예) 이때 그들은 우리가 극복했다고 생각한 과거의 망령들로부터 많은 것들을 빌려온다.

이때 '것'은 무엇인지 특정하지 않는 사물, 사람, 사상까지를 총괄하는 용도로 쓰였다. 이 문장이 등장한 글의 맥락으로는 시민의 권리를 무시하고 독재를 행하기 위해 권력자들이 사용한 힘의 여러 방식, 정확히는 계엄령과 그에 따른 시민의 자유를 억압했던 조치들을 뜻하기 위해 '것'이 쓰였다. 구체적으로 쓰지 않고 '것'이라고 쓴 이유는 많은 요소를 포괄하기 위해 사용했기 때문이며, 포괄해 의미하는 대상들이 무엇인지 글 안에서 충분히 설명하고 있다.

예) 우리에게 필요한 것은 알아보는 눈과 정직한 해석이다.

이 문장에서 '것'을 군이 제해야 할까? 물론 수정은 가능하다.

→ 우리에게는 알아보는 눈과 정직한 해석이 필요하다.

이렇게 수정하면 된다. 두 문장의 뜻은 달라지지 않고, 딱히 맛을 없애지도 않는다. 다만, 전자처럼 '것'이 있는 쪽이 더 강조하는 뉘앙스가 살아난다. 이 글에는 '것'이 남발되지도 않는다. 그렇다면 그냥 두는 쪽을 택한다. '것'을 없애고 문장을 다듬을 수 있다고 전부 없애버리라는 뜻이 아니다. 작은 뉘앙스의 차이를 만든다든가, 특정하고 싶지 않아서 썼다면, 그

'것'은 살리도록 하자. 남발된 '것'을 없애면 '것'의 뉘앙스를
살릴 수 있다.

'−하고 있는' 줄이기

매체 편집을 하다 보면 '글 양 맞추기' 작업을 하게 된다. 필자가 원고를 너무 많이 썼을 때 필자에게 보내 조정을 하기도 하지만, 일간지나 주간지의 작업 일정으로는 내부 편집기자가 글 양을 맞추는 일이 많다. 이 작업의 재미있는 포인트는, 자기 글을 줄이라고 하면 한 시간씩 붙들고 모든 문장을 다시 쓰는 사람도 남의 글을 줄일 때는 문단, 문장 단위로 과감해진다는 데 있다.

편집기자로 일한 초창기에는 먼저 글을 자른 뒤 필자에게 확인받는 과정을 몇 번씩 거치곤 했고, 일이 능숙해지고 타인의 글을 보는 데 확신이 생긴 뒤에는 '잘라내는 부분이 전체 글에서 없는 게 나은 이유'에 대해서 필자를 설득할 수 있게 됐다. 나아가서는 글 양과 무관하게 없는 편이 좋은 부분에 대해서 필자와 상의하기도 한다. 잡지의 경우는 '글을 빼고 사진을 넣어달라'는 요구를 하는 사람도 많이 겪었는데, 적당히 사진이 들어가고 행갈이가 되어 있고 편집디자인에 여유가 있어야 글 읽기 좋은 지면이 된다고 설득하는 쪽이다.

그 모든 과정을 거친 뒤에도 필자가 '그대로 하겠다'거나 '다른 부분을 손보겠다'고 주장하는 경우도 당연히 있는데, 대체로는 필자의 의견을 존중하는 편이고, 나 개인이 아니라 편집부 차원에서 싣기 어렵다는 판단이 든다면 게재를 하지 않는다. (이런 경우 원고료는 정상 지급된다.) 일이 능숙해지면서는, 내 손을 거친 글이 원문보다 낫다는 확신을 갖기도 한다. 전문 지식은 있으나 글쓰기가 숙련되지 않은 필자의 글이라면 특히 그렇다. 저자, 편집자로서만이 아니라 윤문 일도 오래 해왔으니까.

말이 길어졌는데, '글이 넘쳐서' 분량을 조절해야 할 때 꼭 문장이나 문단 단위를 조절하지 않아도 될 때도 많다. 한두 글자가 넘치는 경우가 많아서다. 그런 때 편집기자의 첫 타깃은 바로 '-하고 있는'을 '하는'으로 줄이기다.

예) 사회적 부작용을 겪고 있는 유럽은
→ 사회적 부작용을 겪는 유럽은

예) 의미 있는 순간을 현재 진행형으로 만들어내고 있는
→ 의미 있는 순간을 현재 진행형으로 만들어내는

예) 현재, 기업들은 어떻게 반응하고 있는가
→ 현재, 기업들은 어떻게 반응하는가

예) 회사는 어떻게 이 결과를 받아들이고 있나

이 문장은 '어떻게'의 위치를 동사 앞쪽으로 옮긴다. 그리고 '이'는 없어도 상관없다. 그러면 이렇게 된다.

→ 회사는 결과를 어떻게 받아들이고 있나

'받아들이고 있나'를 '받아들이나'로 바꾸고 싶은가? 상관없다. '받아들이나?'로 바꾸면 더 짧고 간결해질 테고, '받아들이고 있나'를 그냥 두면 진행형의 문제임을 강조할 수 있다.

예) 강렬한 저항감, 심리적 카르텔을 갖고 있었다

이 문장은 "강렬한 저항감, 심리적 카르텔이 있었다(혹은 존재했다)"로 바꿀 수 있다.

식상하고 낡은 어휘는 아닐까

엘라 프랜시스 샌더스의 《마음도 번역이 되나요》도 발상이 재미있는 그림책이다. '다른 나라 말로 옮길 수 없는 세상의 낱말들'이라는 부제처럼, 번역하기 어려운 외국어 표현들을 묶어놓았다. 외국어를 소개했지만 모두 영어로 표기했다는 점은 다소 아쉽다(즉, 당신은 이 책을 통해 어떤 단어의 발음은 유추할 수 있지만 그 단어가 실제로 어떻게 생겼는지는 알 수 없다). 예컨대 한국어도 여기 소개되는데 그 단어는 'nunchi'다. "눈에 띄지 않게 다른 이의 기분을 잘 알아채는 미묘한 기술" 말이다. 번역이 안 되는 단어들은 저마다 해당 언어가 쓰이는 문화의 특징적인 부분을 잘 담고 있다. 핀란드어 중 'poronkusema'라고 읽히는 단어는 "순록 한 마리가 쉬지 않고 단번에 이동할 수 있는 거리"이다.

영어를 비롯한 외국어 작문이 한국어 작문보다 용이한 이유로 '유의어 사전'을 꼽고 싶다. 한국어 사전의 유의어 제공은 폭이 좁은 편이다. 퇴고를 할 때, 같은 단어가 지나치게 반복되지 않도록 하라는 주의사항을 빼놓을 수 없는데, 명사를 명사로 대체하고 동사를 동사로 대체하는 작업에서는(부사는 대체하지 말고 일단 빼는 쪽으로) 어휘가 많아야 유리하다. 그리고 맥락에 맞게 더 적합한 단어를 택할 수 있다. 뜻으로만 보면 같은 단어로 보이는 영화와 시네마의 경우, 시네마를 영화로 바꿀수는 있지만 영화를 시네마로 바꿀 수 없는 경우가 많다. 영화라는 말이 문장마다 반복되는 경우는 특정 영화에 대한 글이라면 '영화'라는 단어 대신에 영화 제목을 주기적으로 적어줄수 있고, 작품 혹은 이야기 같은 단어로 바꿀 수도 있다. 이런판단은 맥락을 보고 이루어진다.

멋진 단어를 애써 찾아 쓰는 일은 효과가 좋을 수도 있으나 아예 망하는 수도 있다. 입말에 가까운 글에서 갑자기 '시나브로'가 등장하면 글에 대한 흥미가 시나브로 사라진다. 애매하게 유행을 탄 단어들 역시 마찬가지다. '오롯이'라는 단어도폭풍같이 등장한 뒤 시들해졌다. 가볍게 들뜬 문장에서 갑자기진정성과 함께 투하될 때, '오롯이'만큼 오롯이 분위기 파악 못하는 단어도 찾기 어렵다.

유행어는 가능한 쓰지 말자. 나는 김성모 만화 짤방에서유래한 '더 이상의 자세한 설명은 생략한다'를 애용했는데(사실은 아직도…), 어느 날 내가 일주일에 한 번씩 SNS도 아닌 원고에 그 문장을 남발한다는 사실을 알게 되었다. SNS에 쓰기로는 상관없으나, 원고라면 퇴고 과정에서 걸러야 한다. 특히 그 글이 10년 뒤, 20년 뒤에도 읽힐 글이라고 (최소한 당신 자신이) 믿는다면, 유행어는 금물이다. 철 지난 유행어는 글을 낡아 보이게 하고, 저자를 늙어보이게 한다. 애석하게도, 글을 통한 그러한 추측은 사실일 가능성이 높다.

단어에도 나이가 있다. '젊어 보이시네요'라는 말을 젊은 사람에게는 하지 않는 것처럼, '요즘 애들이 쓰는 표현'을 찾아 쓰는 사람이 젊을 확률은 낮다. 문제는 무심코 나오는 부사들이 글을 타임머신 타고 온 선비처럼 보이게 만드는 것이다. 대화를 쓸 때 '하오체'로 쓰지는 않는지? 왜 하오체 쓰시오? 현실에서 아무도 안 쓰는데, 현대인의 대화인데 하오체가 웬 말이오? 운을 떼며 사용하는 '일전에'도 유사품이다. 뜻에는 오류가 없으니 굳이 쓰지 않아야 할 단어는 아니겠으나, 이런 표현을 많이 쓰는 사람일수록 '요즘 쓰인 글'을 읽지 않아 주장 자체도 낡았을 가능성이 높다. 신간, 일간지, 뉴스, SNS의 유행어를 따를 필요는 없지만 어떤 단어나 표현은 시간을 따라 흐르고 바뀐다.

식상한 인용구는 쓰지 않느니만 못하다.

주술호응과 수동태의 깊은 뜻

나는 업무를 위한 글쓰기 강좌를 할 때도 있다. 업무 글쓰기의 첫 단추는 '내가 책임질 수 있는 범위를 확인한다'다. '일단 수습한다' 같은 안이한 생각으로 업무 글쓰기를 해서는 안 된다.

그래서 경력이 쌓이면서 빨라지는 판단에는 바로 '책임 소재 파악'이 있다. 위에 보고할지, 내가 처리할지, 아주 높은 선과 윗선이 상의할지 등을 사안에 따라 정확히 결정해야 한다.

그리고 마술의 수동태가 등장한다.

문장 뜻이 이해가 안 가면 가장 먼저 무엇을 보면 될까? 주술호응을 맞춰본다. 주어와 술어가 흩어져 자리 잃은 목적어와 부사 옆에 있으면 글자를 봐도 이해가 안 간다. 필자가 자기 생각을 정리하지 않고 쓴 글에 자주 등장하는 문제점인데 그런 글을 수정할 때 "주어가 뭔가요?"라고 묻는다. 내가 고쳐주지 않는 이유는 주술호응이 안 맞는 문장 중 다수가, 문장을 보고 추측한 뜻과 다른 내용이어서다.

그런데 의도적으로 주어를 없앤 문장들이 있다. 나는 성폭력 이슈에 대한 수많은 글에서 주어 없는 문장을 목격했다. 주어가 숨고 싶을 때 주어를 빼고 수동태를 쓴다.

예) 그날 뒷풀이 자리에서 있어서는 안 되는 일이 벌어졌습니다. A씨가 성추행을 당했습니다.

뉴스보도에서 피해자만 강조할 때도 같은 현상이 일어난다. 흔히 보도 글쓰기/말하기의 기본으로 말하는 육하원칙, 누가(who), 언제(when), 어디서(where), 무엇(what), 왜(why), 어떻게(how)의 첫 번째는 바로 '누가'다. 그런데 그 '누가'가 없는 글이 많다.

예) 책임 있는 대책이 요구되는 때입니다.

누가 책임 있는 대책을 내놓아야 하는가? 주어가 없다.

이런 문장은 의도적으로 주어 없이 쓰이거나 피동형으로 쓰인다. 주어를 밝히고 싶지 않거나 주어를 알 수 없기 때문이다. 기업체들의 사과문 역시 유사한 성격일 때가 많다. '내가 잘못했다'는 사실을 인정하지 않으려는 숱한 사과문이 '되었습니다' '당했습니다'로 이루어진다.

다른 말로 하면, 당신이 책임을 회피하고 싶은 글쓰기를 할 때는 이렇게 쓰라. 당신이 책임을 요구할 때 상대가 주어 없이 피동형 신공을 쓴다면 주어를 요구하라.

　이래서 글쓰기 능력을 키우면 읽기 능력을 키우게 된다. 쓰여 있는 문자의 중요성만큼, 쓰였어야 했는데 누락된 부분을 읽어내야 한다.

시작과 마무리 다시 보기

본문에 들어가기 위해 썰을 풀어야 한다고 어디서 가르치는지, '용건만 간단히'처럼 어려운 게 없다. 영화 리뷰를 과제로 내면 극장 가는 얘기부터 쓴다. 책 리뷰를 쓰라고 하면 책을 구매한 과정부터 쓴다. 여행기는 비행기표 구입부터 시작한다. 그 모든 과정은 재미있고 소중하며, 어떤 경우는 정보로서의 값어치도 있다. 그러나 그것들은 대체로 'TMI'다. 투 머치 인포메이션이며, 읽는 사람에게는 하품 나는 군더더기일 뿐이다. 많은 글은 그렇게 '없어도 좋은' 서두를 갖고 있다.

퇴고할 때, 특히 글 양이 넘친다면, 나는 첫 문단을 지워보라고 권한다. 나 자신의 글을 퇴고할 때도 그렇게 한다. 첫 문단을 지운 뒤에 두 번째 문단을 다소 수정하는 정도로 도입부가 충분히 단단한 인상으로 변하곤 한다. 세상 모든 에세이는 쓸데없는 소소한 이야깃거리로 이루어지지 않느냐고? 물론 그렇다. 하지만 쓸데없는 것도 정도가 있다. 본론에 해당하는 내용과 무관하게 날이 맑았는지 흐렸는지를 알고 싶어 하는 사람은 없다. 다만 자기 자신을 위한 기록으로 남기기 위해 글을 쓸 때라면 이런 사항은 무시해도 좋다. 누구나 자기 이야기는 세상 제일 재미있어 하는 법이니까.

마무리와 관련해서도 중요한 할 말이 있다. '교훈적인 마무리'는 지양하자. 황희 정승식 글쓰기랄까. 장점 적당히 늘어 놓고 단점 적당히 이어붙이고, "그래서 앞으로 책을 열심히 읽기로 다짐했다"식으로 끝나다니. 초등학생 여름방학 일기가 딱 그렇다. "뫄뫄한 문제의 심각성을 알게 되었다." "뫄뫄한 것에 대해 함부로 말하지 않기로 했다." 이런 문장이 유사품이다. 일단 마지막에 "–하기로 했다"가 있다면 그 문장은 반드시 바꾸도록 한다. 이 경우 역시, 뜨뜻미지근한 마지막 문장이라면 그냥 지워보기를 권한다. '마무리가 안 된 느낌'이라고 생각하는 마무리가 더 긴장감 있는 경우가 많으며, '마무리된 느낌'은 대체로 진부한 문장일 때가 많다. 영상 인터뷰에서 '마지막 한 말씀'을 떠올리면 된다. "저희 작품 많이 사랑해주세요." 있으나 마나 하며 맨날 반복되는 그 문장이 소중해서 연예 프로에서는 꼭 그 한마디를 따지만, 당신이 전지현이나 강동원이 아닌 다음에야 "앞으로 일찍 일어나는 새 나라의 어린이가 되겠습니다" 같은 마무리 문장은 공들여 쓴 앞 문장까지 식상하게 만든다.

그러면 시작과 마무리를 뭐로 대체하란 말이냐?

그 답을 알려고 글 쓰는 사람들은 고민하고 또 고민한다. 문장 인용? 장면 설명? 그 글에서 가장 눈길을 끄는 부분이 어딜까? 그래서 퇴고 과정에서 '구성 손보기'가 중요하다. 사건을 쓰기 좋고 파악하기 좋게 시간순대로 풀어놓았다면, 퇴고하면서는 사건이 재미있게 읽히려면 어떤 순서로 던져야 할지를 고민하라. 영화에 대해서든 책에 대해서든, 어떻게 써야 읽는 사람이 흥미를 느낄지 퇴고하면서 글을 다시 살펴보라. 마지막 문장은 '정리'하거나 '교훈'을 주려고 노력하는 대신 앞의 글을 해치지 않는 정도로 가볍게 써보라.

마지막 문장을 근사하게 쓰는 일은 중요한 기술이다. 많은 필자들이 '마지막 한 문장'을 남기고 오래 고민한다. 하지만 본문 쓰는 법도 숙달이 안 된 상황에서 근사하게 마무리를 하려고 해봐야 아무 쓸모가 없다. 하고 싶은 말을 충분히 했다면, 마지막 문장에서는 힘을 빼는 편이 힘을 주는 비법이 되곤 한다.

글쓰기 전의 구성 짜기와 퇴고하면서의 구성 손보기

글 코칭 수업을 진행할 때, 쓰고자 하는 글의 개요를 먼저 발표하게 하는 일이 있다. 긴 글을 써본 경험이 적은 사람이 글을 다시 쓰는 수고를 덜게 하기 위해서다. 영화제작 과정을 거칠게 나누면 '프리프로덕션(제작 준비) – 프로덕션(촬영) – 포스트프로덕션(편집, CG)'인데, 글쓰기도 마찬가지다. 뭘 쓸지 생각하고, 쓰고, 퇴고한다.

글쓰기에 숙달된 사람일수록 쓰면서 구성을 짠다. 뇌가 손가락에 달려 있다는 말은 농담이 아니어서, 쓰면서 흐름이 생긴다. 심지어 퇴고하면서 구성을 손보지 않아도 된다. 숙달되었거나, 타고났거나.

30년쯤 전의 일이다. 초등학생이었던 나는 '일단 아무거나 글을 쓰자'고 결심한 뒤, 아무거나 쓰려고 공책을 펴고 앉아서 정말 쓸 말이 없어서 공책에 한 바닥 가득 "아무거나아무거나아무거나…"를 채운 적이 있다. 20년 전에도 비슷한 일이 있었다. 그때는 컴퓨터에 타이핑했지만. 아무거나 꾸준하게 쓰다 보면 아주 작은 것으로부터 영감이 쏟아져 나온다고 주장하는 글쓰기 책을 많이 봤다. 그렇게 되는 사람도 있겠으나 나는 아니었다.

글감이 머릿속에 둥둥 떠다니지만 도무지 써지지 않을 때는 구성을 짜라. 쓰고 싶은 소재를 늘어놓는다. 눈에 보이게 늘어놓고 연결 짓기를 시작해라. 선부터 그리지 말고 점부터 찍으라는 말이다. 이것은 글쓰기 전에 하는 구성 짜기 노하우다. 점을 찍는다는 기분으로 아이템을 늘어놓고, 연결 짓는다.

퇴고하면서 구성을 손볼 때는 약간 다른 관점에서 적용한다. 반전으로 유명한 영화가 이야기를 진행시키는 방식을 떠올리면 된다. 글 초반은 독자의 관심을 끌어야 하고, 중반은 무난히 읽히면 좋고, 마무리는 글 전체의 인상을 요약해 보여주면 좋다. 글 분량에 비해 본문까지 들어가는 도입부가 지나치게 길다면 글 양을 줄이거나 다른 부분과 바꿔본다. 마무리가 늘어진다면 문장을 두어 개 없애본다.
처음 구성을 짤 때와 글 쓰는 동안과 달리 완성된 글을 전체적으로 조망하는 일이 가능해지기 때문에, 큰 흐름을 본다. 글이 길다면 리듬감 있게 읽히는지도 살피는 게 바로 이 단계인데, 논픽션이든 장편소설이든 마찬가지다.
퇴고 과정에서 디테일을 손볼 때와 달리, 큰 그림을 만지는 재미를 느껴보시길.

열심히 썼다고 좋은 글이 되지는 않는다

퇴고하면서 글을 처음부터 끝까지 읽을 때, '내 뜻이 제대로 표현되었나'를 먼저 확인하라. 하고 싶은 말이 잘 전달됐는지가 가장 중요하다. 하려는 말이 보이지 않는다면 어딘가 잘못됐다. 내가 글을 쓴 이유가 드러나는 부분은 어디 있는가? 내 문장일 수도 있고, 인용구일 수도 있다. 하고자 하는 말을 전달하기 위해 가장 중요한 문장 혹은 문단과 다른 문장 혹은 문단이 잘 결합되어 있나? 안 읽히는 글의 태반은 하려는 말이 모호한 상태에서 마구 쓰여 있다. 정확한 주제가 있다기보다 정서를 전달하는 글 역시 마찬가지다. 읽은 뒤 남는 감정이 쓸 때 의도한 바와 다르다면, 혹은 여러 감정이 혼란스럽게 섞여 있다면, 어느 쪽으로든 정리할 필요가 있다.

그러나 하려는 말이 받아들여지지 않을 때도 있다.

편집기자로 일하면서 좋은 글에 감사할 때가 압도적으로 많았지만, 글이 지면에 나가지 못하게 한 경우도 있었다. 놀랄 정도로 재미가 없거나, 매체의 신뢰도를 떨어트릴 정도로 팩트 확인이 되지 않았거나, 혐오나 차별을 담은 글일 경우가 그랬다. 놀랍게도 필자들은, 재미없다고 글을 평하면 부끄러워하지만 글이 혐오나 차별을 담았다고 하면 저항한다. 자기는 그런 사람이 아니라는 말이다. 읽는 입장에서 판단할 때 쓴 사람의 속내를 헤아려 달라는 뜻인데, 그런 비판은 한번에 받아들이기 어렵겠지만 부디 다시 한 번 숙고해 읽어봐주시길. 그리고 글을 '다듬으면' 된다고 생각한다. 오문이나 비문이 없다고 다 좋은 글은 아니다. 글을 읽으면서 가장 슬플 때는 흠잡을 데 없이 아름다운 문장으로 기껏 누구를 인격적으로 깎아내리려고 쓴 글을 읽을 때다. '요즘 것들은 틀려먹었어' 같은 옹졸한 마음으로, 불쾌한 기분과 자기 우월감으로 똘똘 뭉쳐 글을 쓰는 나이 지긋하고 높은 자리에 있는 어르신들의 화풀이 같은 글을 읽을 때는 피곤해서 견딜 수가 없다.

짧게 쓰기를 요구받은 글에서 아주 복잡한 논의가 필요한 사안을 뭉뚱그릴 때도 문제다. 애초에 분량에 맞지 않는 화두라면, 그것을 다룰 능력이 없다면 함부로 쓰기 시작하면 안 된다.

긴 글을 썼다고 해서 글자 수로 높은 점수를 받지도 않는다. 쓴 사람은 쓴 입장의 수고가 한없이 아깝지만, 읽는 사람은 돈과 시간, 최소한 시간을 할애해 당신의 글을 읽고 있다. 퇴고 과정에서 당신은 그 '읽는 이'의 마음에 이입해볼 줄 알아야 한다. 글쓰기가 대화가 될 수 있다면, 바로 그런 이유 때문이리라.

'정치적으로 올바른' 글에 대하여

어떤 글을 쓰고 싶으냐고 물으면 가장 많이 듣는 대답은 '재미있는 글'이다. 재미있다는 말에는 여러 뜻이 있으리라. 문자 그대로 읽는 사람을 웃게 하는 글을 재미있다고 하는가 하면, 읽기 시작하면 끝까지 단숨에 읽게 만드는 글도 재미있다고 한다. 정치적으로 올바른 글은 아무도 쓰고 싶어 하지 않는 것 같다. 말만 들어도 재미없고.

표현의 자유는 귀하다. 누구나 무엇이든 표현할 수 있어야 하고, 거기에 제약은 없을수록 좋다. 어떤 표현이 혐오적이라는 이유로 제지받을 때, '표현의 자유'와 '그럴 의도가 아니었다'는 입장 표명을 많이 듣게 된다. '의도는 그게 아닌데 글을 잘 못 쓰는 바람에 잘못된 방향으로 읽혔다'는 분석도 들어봤다.

나는 타인을 공격하는 자유를 보호하기보다는 부당하게 공격받지 않는 권리를 먼저 보호하자는 주의의 사람이다. 의도와 무관하게 '그러하게' 읽힌다면 글을 잘못 썼을 가능성이 높다. 글을 써놓고 글쓴이의 의도를 따로 구구절절 설명해야 한다면, 다시 한 번 말하지만, 글을 잘못 썼다.

데즈카 오사무는 《데즈카 오사무의 만화 창작법》에서 만화를 그릴 때 반드시 지켜야만 하는 것으로 기본적인 인권만은 절대로 건드려서는 안 된다며, 다음의 세 가지를 주의하라고 썼다. 전쟁이나 재해의 희생자를 놀리는 것. 특정 직업을 깔보는 것. 민족이나 국민, 그리고 대중을 바보로 만드는 것이 그것이다. 꽤 명쾌하지 않은가. 이 정도도 지키지 못하는 사람의 글을 굳이 읽어야 할지 의문이다.

정치적 올바름의 경계는 시대에 따라 변한다는 점도 염두에 두자. 내가 어렸을 때 '시커먼스'라는 유행어가 있었다. TV 오락프로에 등장해 꽤나 인기를 끌었던 말이었다. 더 이상 그런 인종차별적 표현은 쓰지 않게 되었다. 과거의 기준에 안주하면 '실패한 농담'을 하는 사람 정도가 아니라 무례한 사람 취급을 받는다는 점을 명심하자.

퇴고하기에 대해 다시 한 번 정리하자면

1. 나는 하고자 하는 말을 썼는가

2. 원하는 정보 혹은 감정이 잘 전달되는가

3. 도입부가 효율적으로 읽는 사람을 끌어들이나

4. 주술호응이 잘 맞나

5. 고유명사는 맞게 들어갔나 / 인용은 정확한가

6. 도입부가 길지 않은가 (한 단락을 지워본다)

7. 마지막 단락이 지지부진하지 않은가 (몇 문장을 지워본다)

8. 제목은 본문을 읽고 싶게 만드는가

9. 반복되는 표현, 습관적으로 쓴 단어(특히 부사와 접속 부사)는 없는지

10. 처음부터 끝까지 다시 읽는다. 소리를 내서 읽어도 좋다

하고자 하는 말이 정확히 읽히는지가 퇴고 과정에서는 가장 중요하다. 소설이 아닌 글이라면 더욱 그렇다. 하고자 하는 말이라고 해서 정보를 잘 전달한다는 뜻으로만 생각할 수도 있는데, 그렇지 않다. 전달하고자 하는 '정서' '인상' '느낌'이 제대로 전달되는지도 정보 전달만큼 중요하다. 어떤 경우는 분명한 것 하나 없이도 특정한 인상을 남긴다. 온다 리쿠의 소설이 '노스탤지어', 즉 알 수 없는 그리움이라는 정서를 다른 나라 독자들에게도 선명히 전달하듯이.

문장을 읽어보는데 어딘지 모르게 이상하다는 느낌을 받았다면 주술호응이 맞는지 살핀다. 놀랍게도 주술호응이 틀려서 지적해도 뭐가 틀렸는지 모르는 경우가 많다. '○○가 ○○다/○○했다'라는 단순한 형태로 문장을 다시 읽어본 뒤 주어와 술어의 관계가 올바른지 문장이 길어지면서 주어가 여럿이 되지는 않았는지 등을 살핀다. 주어가 생략된 경우는 주어를 살려서 읽어본 뒤 어색함이 없는지 확인한다.

고유명사 확인은 일상적인 모든 커뮤니케이션에서 필요한 퇴고 과정이다. 문자 메시지부터 업무 이메일, 이력서 등 글자로 이루어진 것을 다른 사람에게 보낼 때 의도한 사람에게 오류 없이 보내는지를 반드시 확인한다. 뜻밖에도 많은 사람이 자기 이름을 틀리게 쓴다. 자기 이름을 틀리게 쓰리라는 생각을 하지 않아 아예 살피지 않고 보내서다. 연락을 받는 상대의 이름을 틀리게 적는 사람은 이미 첫인상에서 망했다. 이력서에서 자기가 응시하는 회사의 이름을 잘못 써서 보내는 사람을 나는 봐도 너무 많이 봤다. 영화나 책의 제목, 인명 등도 주의해 살펴야 한다. 잘 안다고 생각해서 방심할수록 실수가 생긴다. 고유명사 확인은 보고 또 봐도 지나치지 않는다.

썰을 풀 때는 '들어가는 말'이 길어지곤 한다. 글을 맺을 때는 '정리하는 한 문장' 강박에 시달린다. 전자를 해소하기 위해서는 아예 한 단락을 지워보고, 문맥을 살핀다. 전체 논지에 문제가 없다면 지우는 쪽이 나을 가망성이 높다. 본론에 들어가기까지 '운을 떼는' 단계는 간소화하라. 맺는 말의 경우는 두루뭉술할 가능성이 높은데, 한두 문장만 지워도 더 타이트하게 마무리되는 경우를 많이 본다. 교훈적이거나 상투적인 마무리를 하고 있다면 마무리 문장을 지워보자.

원고를 소리 내서 읽을 때는 낭독하듯 정확히 읽지 않는다. 가능한 한 빠르게 중얼거리면서 읽어본다. 그러면서 '걸리는' 부분을 찾아낸다. 《고백》의 작가 미나토 가나에도 퇴고할 때 이런 방법을 쓴다. 후루룩 읽어버리면서 걸리는 부분은 십중팔구 문장이 길어지면서 주술호응이 맞지 않는 부분이거나, 표현의 흐름이 어색한 부분이다. 정성 들여 읽는 경우라면 낭

독한 글을 녹음해서 다시 들으며 고칠 부분을 찾아도 좋다. 특히 남들 앞에서 할 말을 적을 때 이 방법을 쓴다. 발음하기 어려워하는 단어가 있는지, 자주 실수하는 대목이 있는지를 찾아, 가능한 매끄럽게 말할 수 있도록 표현 자체를 고친다.

5

에세이스트가 되는 법

미켈란젤로가

천상의 드라마를 놀랍게 재현한 시스티나

성당의 천장화를 그릴 수 있었던 것은

바로 그가 고대로부터 전해 내려온 명예로운 활동,

즉 침대에 누워 있는 걸 좋아했기 때문이라고 확신한다.

베른트 브루너, 《눕기의 기술》

긴 호흡의 글을 쓰는 방법

'긴 호흡의 글'을 쓰고 싶다는 질문을 종종 받는데, '긴 글'이 '긴 호흡의 글'과 같은 뜻은 아니라는 점을 먼저 명확히 하고 싶다. 그리고 대체로 이 질문은 약간 말장난 같은 데가 있다. 구체적으로 무엇을 원하는지 되물어보면, 유려해 보이는 긴 문장을 자유롭게 구사하고 싶다는 사람이 있고, 긴 글을 논리적으로 쓰고 싶다는 사람도 있고, 단행본을 내고 싶다는 사람도 있다. 당신이 원하는 긴 호흡은 어떤 뜻인가.

첫째, 유려해 보이는 긴 문장을 자유롭게 구사하고 싶다는 뜻이라면, 먼저 해결해야 할 일은 남의 문장이나 표현 참고하기를 멈추는 일이다.

'유려해 보이는 문장'을 원하는 사람은 원하는 패턴의 문장을 보고 '이렇게 쓰고 싶다'를 욕망한다. 더불어, 문장만으로 글이 되지는 않으므로 문장이 아니라 글 단위로 생각한다. 무엇을 말할까. 처음에는 주술호응을 의심할 것도 없는 짧은 단문에서 시작해, 긴 문장으로 나아가고 싶다면, 내가 권하고 싶은 방법은 사용하고 싶은 단어를 전부 늘어놓은 뒤 퍼즐 맞추듯 조합해보기다. 문장 단위가 아니라 문단 단위, 한 꼭지의 글이라는 단위에서 글에 대해 생각할 수 있게 되면 단문이 적합하거나 장문이 적합한 부분을 스스로 결정할 수 있게 된다. 그걸 모르니 번번이 헤매게 되지만.

당신이 좋아하는 글을 쓰는 사람들은 그 일을 하면서 더 많은 시행착오를 먼저 거치고 자기 스타일을 체화했음을 잊지 말길. 우리는 다른 사람을 늘 처음부터 완성형으로 가정하고 자기 자신을 미완성태로 바라본다. 어떠한 재능도 처음부터 완성되어 있지는 않다. 실수하고 배우고 실수를 만회하기 위해 노력하는 과정 자체가 자신의 무언가를 만들어내는 방법이다. 노력은 누구나 할 수 있다. 결과물이 애초에 원하던 그것일지는 알 수 없지만.

둘째, 긴 글을 논리적으로 쓰고 싶다는 뜻으로 던진 질문이라면, 이 경우는 논리적으로 쓴 다른 사람의 글을 분해해보는 시도를 권한다. 그리고 해당 글의 주제문을 저자 입장에서 직접 써보자.

글이 길고 논리적이지 못할 때, 글을 꼼꼼히 읽어보면 관련 정보를 '병렬식'으로 나열해 글 분량을 길게 만든 것 이상이 아닐 때가 많다. 논리가 비약할수록 정보만 잔뜩 늘어놓는 글이 많은데, '나는 무엇을, 왜 쓰고 있나'라는 생각을 글을 쓰는 내내 꼭 해야 함을 강조하고 싶다. 논리적으로 쓰라고 하면 통계수치를 비롯한 숫자가 필요하다고 생각하는데, 꼭 그렇지도 않다. 사적인 에세이에서도 읽는 이가 이해할 수 있는 '흐름'이 필요하다. 잘 쓴 글일수록 유혹에 능한 법이라, 어디서부터 유혹하는지 알기 어렵지만 어느새 다음 날 아침 해가 떴다는 경우를 많이 겪는다. 필요 없는 정보, 샛길처럼 보이는 것조차 주제문에 해당하는 저자의 생각과 밀접한 연관을 갖고 있다.

당신이 원하는 방식의 논리적인 흐름을 가진 글을 한번 분석해보라. 글의 큰 구성은 어떻게 되는지, 농담이나 지나가는 말처럼 제시되는 에피소드는 주제문과 어떤 연관을 맺고 있는지, 도입부와 맺음말은 어떠한지. 필자가 원하는 말을 문장의 형태로 던졌는지 문단의 형태로 풀고 있는지, 그 분량은 어떠한지.

셋째, 단행본을 내고 싶다는 뜻으로 한 말이라면 일단 글을 많이 써야 한다.

첫 몇 페이지 분량의 원고만으로 출판사에서 '알아봐주기'를 바라는 마음은 나도 이해하지만(나 역시 가졌던 마음이지만) 출판 경력이 없는 저자의 글을 몇 페이지만으로 출간 결정을 하는 경우는 많지 않다. 그 이유는 책 한 권 분량의 글을 쓴다는 것 자체가 쉽지 않아서다. 첫 책 출간을 위해 출판사에 원고를 보내고자 한다면, 에세이의 경우(사진이 있는지 얼마나 있는지도 큰 변수다) 원고가 적어도 원고지 300매(A4 30장, 당연히 글씨 크기와 행간은 전부 기본으로 했을 경우)는 되어야 한다.

에세이스트가 되고 싶은 로망

많이들 "어떻게 하면 에세이스트가 될 수 있나요?" 하고 묻는다. 일단 내가 에세이스트가 된 방법은 이렇다. 청탁받은 에세이를 쓴 뒤 필자 소개에 '에세이스트'라고 넣어달라고 요청한다. (농담 아님)

글이 실릴 때 필자 소개가 같이 들어간다. 보통은 그때 필자의 소속 기관이나 단체명을 적는다. 하지만 그 외의 작가, 에세이스트 같은 식의 다양한 표현은 누가 붙여준다기보다는 스스로가 붙이는 경우가 많다. 심지어 요즘은 소속 매체가 없고 글을 한 줄도 안 써도 기자라고 하는 사람들도 본다. 전직 저널리스트들도 저널리스트라는 크레딧으로 활동한다. 영화평론가는 등단 절차를 거치는 사람들도 있지만 그렇지 않은 경우도 많다. 당신이 봐온 글쓴이의 크레딧은 대체로 그렇다. 글을 보내면서 '이렇게 실어주세요'라는 것은 거의 반영된다. 글쓰기를 이제 시작하며 나도 에세이스트가 되고 싶다는 사람들에게는 기분 나쁠 정도로 싱거운 말로 들릴지도 모르겠다.

에세이스트가 되는 것은 내가 알기로는 글 쓰는 모든 직업 중 가장 쉽다. 시나 소설, 평론과 다르게 아예 등단 절차가 존재하지 않으니 당연한 말이다.

내가 좋아하는 에세이스트 중에는 김하나 작가가 있는데, 번역가 김명남 씨가 붙여준, '실내수필가'라는 저자 크레딧을 사용하곤 한다. 멋진 명명이라고 생각한다. 김하나 씨는 원래 광고 카피라이터로 유명한 저자인데, 무엇에 대해서도 특유의 관점으로 잘 읽히게 쓸 뿐 아니라 헌신적인 독자층도 보유한 저자다. 나의 경우는 언젠가 일간지 연재를 하던 때, 담당 기자가 '좌충우돌 독서가'라고 붙여줘서 그 지면에서는 한동안 그렇게 불렸다.

즉, 에세이스트가 되고 싶다면, 당신의 이름이 실릴 수 있는 온라인이든 오프라인이든 단행본이든 어떤 형태로든 지면을 갖는 사람이 되어야 한다.

… 물론, 원칙적으로는 산문을 쓰는 사람은 누구나 에세이스트다.

나도 글을 쓰는 일을 직업으로 할 수 있을까

한 다리 걸쳐 아는 분이 에세이를 써서 6년 치 연봉을 벌었다고 한다. 그리고 나는 글을 쓰는 일을 직업으로 하고 있는데, 회사를 다니기 때문에 이 일로 먹고는 살지만 원고료만으로 먹고살 수는 없다.

당신이 글을 쓰는 일을 직업으로 할 수 있을까 고민할 때, 어느 정도의 수입을 염두에 둔 고민인지가 중요하다. 글을 쓰기란 세상 최고로 쉽지만(그냥 혼자 쓰면 된다, 세상 모든 예술 중에 성악과 더불어 재료비가 가장 안 드는 예술이리라), 그걸로 먹고살려고 들면 난처해진다.

소설가인 친구들은 이렇게 말한다. 문학상 상금이 아마도 평생 받을 수 있는 최고 액수의 원고료일 거라고.

그래서 글을 쓰고 싶어 하는 사람들은 월급을 벌 수 있는 직업을 갖고자 한다. 퇴근 뒤에 글을 쓴다는 허황된 계획이다. 허황되었다는 말을 하는 이유는 회사라는 곳이 당신에게 여분의 에너지를 남겨주지 않기 때문이다. 여기서 고백하자면 나도 그런 꿈을 꾸었다. 헛된 꿈을. 그리고 원고를 쓰지 못한 채 새해 목표로 '내 글 쓰기' 같은 말을 20년째 하는 사람이 되었다.

글을 쓰는 직업을 갖는다는 뜻을 충족시키기 위해서 당신은 책을 낸 작가거나 원고를 돈 받고 파는 사람이 되어야 한다. 책을 출간한 사람들에게 원고 청탁을 하는 경향이 있는데, 매체에서 원고 청탁을 많이 받는 사람들의 글을 보고 책을 출간하자는 제안을 하는 경향이 있으니 닭이 먼저냐 달걀이 먼저냐처럼 보이기도 한다. 다만 요즘은 매체를 구독하는 사람보다 SNS를 보는 사람이 훨씬 많아졌으므로, SNS에서의 활발한 활동도 큰 도움이 된다. 이 문제에 대해서라면 다음 글 '에세이 시대의 글쓰기'를 참고할 것.

에세이 시대의 글쓰기

쓰기의 시대고 에세이의 시대다. 신간 목록을 달리 표현할 말이 없다. 모두가 자기 글을 쓰고 싶어 한다. 모르는 이가 보면 출판의 전성기라고 생각할 수도 있겠다. 이상한 일이다.

'문사철'(문학, 사학, 철학)로 대표되는 인문학과 출판업은 내가 알기론 최소한 20년은 '단군 이래 최대 불황' 기록을 경신해왔다. 읽고 쓰기를 좋아해 그 일을 업으로 삼은 나 같은 이에게는 무섭고도 쓸쓸한 일이다. 해마다 "올해는 정말 심각합니다"라는 말을 듣는다.

"올해는 정말 심각합니다." 농담이 아니다. 초판 부수가 3천 부에서 2천 부로 떨어졌다는 말이 들린 지 1년도 넘었다. 이런 시기에 글쓰기 열풍이 불고 있다. 2016년 3월에 발표된 문화예술인 실태조사를 보면 1년간 예술 활동을 통한 수입의 중간값이 300만 원이며 36.1%는 수입이 전혀 없었다. 내가 2000년에 잡지사에 입사해 일을 시작한 이래 원고료는 거의 오르지 않았다. 원고지 기준 장당 1만 원 정도가 일반적이다.

나는 글쓰기 강좌를 5년째 운영하고 있는데, 언젠가는 수

강생 부족으로 폐강한 적도 있는 문제의 글쓰기 강좌는 근래 들어 좋은 반응을 얻고 있다. 몇 년 전 출판사에 글쓰기 책을 내자고 제안했을 때는 '언젠가' 정도의 반응을 들었는데, 올해는 세 곳에서 제안을 받았다. 그래서 잠시 착각했다. 내 글이 그렇게 인기가 좋은가. 아니, 그것이 아니다. 쓰려는 사람이 많아졌다. 전통적인 의미에서 보면, 쓰려는 수요가 늘기 위한 선제조건은 읽는 사람의 증가일 텐데, 그게 그렇지 않다. 아주 기이한 산문의 시대, 텍스트의 시대다.

글을 쓰는 일을 오랫동안 업으로 해온 이들 사이에서 최근 베스트셀러 목록은 도마 위의 식재료 같은 상태가 되었다. 우는 듯 웃는 목소리로 다들 이 책은 어떻게 '후졌는지'를 물고, 뜯고, 씹고, 삼킨다. 최근 '문장형 제목'이 유행하고 있는데, '후졌다'는 고발의 대상인 책 다수가 문장형 제목을 가지고 있다. 그리고 다수가 '괜찮아' '다행이야'로 끝나거나 그런 뉘앙스를 품고 있다. 한때 유행하던 힐링과도 다르고, 인문학 열풍이라던 때와도 다르다.

소설의 인기는 전 같지 않고, 자기계발서도 전만큼 읽히지 않는다. 인기 에세이의 주인공 중에는 '보노보노' '곰돌이 푸'가 있다. 귀염성 없는 인간과 싸워도 승산이 없는데 보노보노와 싸워 이길 의욕이 생기지 않는다. 그런데 인기도서의 작가 이름도 낯설 때가 많다. 유명한 작가가 써서 베스트셀러가 되는 게 아니라, 베스트셀러 목록을 보다가 어떤 이름을 발견하게 되어 놀라는 식이다. '임자는 뉘시오?' 하고. 그러고는 맹렬한 비난이 이어지곤 하는 것이다. 이것은 글도 아니다. 이것은 책도 아니다. 요즘 사람들은 왜 이런 것만 읽는지 모르겠다. 말세다…. 자신의 책 판매고에 불만이 많은 사람들일수록 불만이 많아 보이는 것은 기분 탓일까. 세상 사람의 팔 할 정도는, 애석하게도, 책이 얼마나 안 팔리는지 누가 책을 내는지에 관심이 없다. 그리고 그 팔 할의 사람들은 바로 베스트셀러 상단의 '그런 책' 제목 정도를 알고 있을 뿐이다. 원래도 이랬나? 글쎄, 최근 3년 새 많은 것들이 바뀌었다.

글을 둘러싼 환경이 빠르게 변하고 있다. 요즘 내가 글에 대해 생각할 때 가장 많이 떠올리는 것은 변화다. 읽는 방식, 쓰는 방식, 파는 방식이 다 변하고 있는 중이며, 양대 사양 산맥인 인쇄 매체와 출판업에 한 발씩을 걸치고 일을 하는 나는 그 변화가 궁금하고, 기대되며, 근심된다. 글로 보이지 않는 것도 글이며, 글로 보이는 것은 글이 아니다. 읽는 사람 없이도 글은 수없이 퍼블리시되며, 온라인과 오프라인의 경계는 모호해진다. 그 모든 것을 현재 시점에서 풀어보자면 에세이의 유행이 있다고 나는 주장하려는 참이다. 그리고 텍스트는 이전 어느 때보다 승승장구하고 있다고.

소확행 시대의 글쓰기. 에세이의 유행은 내용 면에서 그렇게도 설명할 수 있을 듯하다. 에세이는 소설이 아닌 산문이면서, 생각을 자유롭게 풀어낸 글을 말한다. 영어로 에세이^{essay}를 '소논문'이라고 번역하는 경우도 있는데, 중수필^{重隨筆}이라고 불렀던, 학술적이거나 과학적인 내용으로 비개성적이고 논리적, 객관적인 내용인 경우에 해당한다. 현재 에세이의 유행이라고 할 때는 두 가지 글쓰기 모두를 포괄하는데, 영어에서 한국어로 옮긴 번역서의 경우는 사적인 에세이와 비개성적인 에세이가 모두 포함되지만 한국어로 쓰인 에세이의 경우는 사적인 에세이의 비중이 높다. 일본어에서 번역된 에세이는 사적인 에세이의 비중이 높은데, 이 경우에도 한국어로 쓰인 사적인 에세이와는 구분된다. 번역서들은 대체로 유명인(소설가, 뮤지션, 방송인 등)의 에세이라면 한국에서 현재 유행하는 글은 유명인의 저작과 일반인의 저작이 고루 섞여 있다. 후자에서는 개인의 경험과 사생활의 비중이 압도적으로 높다.

5년 전만 해도, 유명인에게 에세이를 쓰게 하면 잘 팔린다는 말이 흔했다. 그를 좋아하는 사람들이 책을 살 것이므로. 지금 역시 그렇다. 하지만 양상이 다르다. 지금은 지상파 TV에 나오는지 여부가 유명인의 기준이 아니게 되었다. SNS 팔로워가 많은 저자는 에세이 시장에서 전문 작가(소설가, 시인, 기자 등)보다 강력한 판매력을 지닌다. 애매한 유명인일 바에는 아예 일반 독자가 모르는 이름인 쪽도 괜찮다. 이름값이 아니라 좋은 제목과 좋은 경험이 주목받는 에세이를 만들고 있기 때문이다. 어쨌거나 전문 작가의 선호도는 뒤로 밀리는 추세다.

《마녀체력》은 25년 넘게 에디터로 살며 책을 만들어온 저자 이영미가 운동에 관심을 갖고 체력을 키운 내용을 모은 에세이다. 피트니스 전문가가 쓴 운동 가이드보다 더 좋은 반응을 얻는 이 책은, 운동에 관심 없던 보통 사람이 중년의 문턱에서 변화하는 경험을 담았다. 나 역시 평범한 직장인으로 각종 통증과 싸우며 중년이 되어가는 입장인데,《마녀체력》은 정보는 부족했지만 유머와 공감은 충분했으며, 동기부여도 되더라. (그리고 역시 아무것도 하지 않았다.)

여기서 궁금증. 만약 당신이 정말 체력을 키우고자 애쓴다면 타인의 성공담보다는 실행 가능한 실용서나 전문가의 조언이 담긴 책을 원하지 않을까? 비전문가인 개인의 경험담이 내게도 맞는 처방전이 될 수 있을까? 이런 고민을 한다면, 당신은 그런 '실용적'인 이유로 책을 샀다가 실패해본 적 없는 의지력의 화신이거나, 아예 그런 책을 사본 적 없을 가능성이 높다. 새해 목표로 가장 많이 등장하는 소원이 뭔지 아시는지? 금주와 금연, 다이어트, 독서다. 체력을 키우기 위해서는 작심 3일도 지키기 어려운 저 모든 것을 동시에 이루어야 한다. 사람들은 충분히 실패해왔다. 내 위에서 나를 내려다보며 지시하는 조언보다, 나와 비슷한 처지의 사람이 실패하면서도 조금씩 발전해가는 모습을 선호한다. 집에서 간단히 따라 하는 '홈트레이닝' 스타들은 다수가 인스타그램으로 짧은 영상을 올리며 유명세를 얻었고, 그들 중에는 피트니스 관련 자격증이 없는 경우가 적지 않다. 자격증이 있다 해도 유명해진 뒤 딴 경우가 주를 이룬다.

최근 인기를 끈 《죽고 싶지만 떡볶이는 먹고 싶어》는 경도의 우울증과 불안장애를 앓은 백세희의 에세이다. 우울증 관련 도서 출간은 꾸준히 증가 추세인데, 그중 이 책이 가장 폭발적인 반응을 얻었다. 《마녀체력》처럼 제목부터 솔깃한 《죽고 싶지만 떡볶이는 먹고 싶어》 역시 우울증 전문가가 쓴 책은 아니다. 우울증 관련 치료를 받는 이들에게 이 책에 대해 물었더니, 신경정신과에 가거나 약물치료를 받기 두려워하는 사람이 많은 한국 사회에서 이 책을 보면 병원에서 듣는 이야기나 약물치료의 효과 등에 대해 자세한 정보를 얻을 수 있어서 좋아하는 듯하다는 분석이 돌아왔다. 그럴 수도 있다. 하지만 '공감'이라는 요소를 무시할 순 없다.

의사, 학자, 전문가들이 해주지 않는 공감, 그야말로 '죽고 싶지만 떡볶이는 먹고 싶'은 기분을 느끼는 '같은 입장'에서의 고통을 나눠준다는 사실만으로 더 위안이 되는 독서가 된다. 병원에 가서 아픈 곳을 설명할 기회도 없이 차트만으로 약 처방을 받아본 사람이라면, 먼저 아파본 누군가가 고통을 솔직히 보여준다는 일의 고마움 혹은 감동을 쉽게 이해하리라. 이런 책들을 읽는다고 뭐가 '해결된다'고 생각하는 사람은 없다. 하지만 명심하라. 전문가가 쓴 책을 읽어도 해결되는 것은 아무것도 없다. 책은 책일 뿐이고, 의미 있는 개선은 책을 읽은 후

행동으로 이루어진다.

TMI. 최근 널리 쓰이는 'too much information'의 약어처럼, 에세이 읽기는 누군가에 대해 '너무 많이 아는 일'이 되었다. 이런 책들의 내용을 TMI에 비유한 것은, 우울증에 대한 책이라고 우울증 얘기만 있는 게 아니고, 떡볶이 얘기도 등장하는 식이기 때문이다. 전문가는 떡볶이에는 관심이 없다! 위에서 내려다보는 시선은 그만! 또한, 마녀 같은 체력을 키우자고 해서 운동 얘기만 하지는 않는다. 그간 해온 일, 가족 관계를 비롯, 독자는 저자의 삶에 대해 필요 이상의 많은 정보를 얻게 된다. 그렇게 특정된 사연은 특정된 독자를 불러 모은다. 공감, 혹은 창작자가 읽는 나를 '알아(봐)준다'는 느낌이 중요해졌다. 책을 한 권 읽으면 같은 고민을 가진 한 사람의 친구를 얻는 것과 같다. 그것으로 충분하다.

전문가가 필요 없기로는 마케팅 역시 마찬가지다. 라이프스타일이 곧 상품이 된다. 인스타그램이 유행하는 지금, 라이프스타일은 그 자체로 글과 이미지, 물건의 조합으로 노출되며 해시태그는 서로 모르는 사람들을 연결해준다. 책 판매에 도움이 되는 마케팅은 현재 일간지 서평보다 인스타그램 노출이라고들 한다. 보기 좋은 물건들과 함께 책을 세팅하고 사진을 찍은 뒤, 해시태그를 달아 올린다. 팔로워가 많을수록 효과가 뛰어나다. '무심한 듯 건네지는' 시시콜콜한 정보가 공들인 서평보다 더 '진짜 같다'고 느끼는 문화다. 책의 완성도나 글의 유려함을 강조하는 전문가의 서평보다, 누군가가 휴양지에서 찍은 사진 귀퉁이에 살짝 걸쳐진 '펼쳐진 책' 쪽이 더 궁금하다. "여기는 어디인가요?" "저 책 제목은 뭔가요?" 유명인의 계정에 이런 식으로 노출된 사진이 있다면 바로 눈길을 끌고 팬들 사이에서 제목이 공유된다.

라이프스타일을 노출하는 일반인 인기 계정주는 어떤 사람인가. 일반인이라고 해도 TV에 노출되는 연예인과 비슷하거나 더 많은 팔로워를 보유한 이들, 더 큰 구매 영향력을 가진 이들은 바로 '쇼핑몰 운영자'다. 인스타그램 팔로워 수는 계정주 본인이 운영하는 사업체의 매출로 직접 이어진다. 그들이 직접 판매하는 물건이 아니라 해도 인스타그램 '노출'을 조건으로 한 패키지가 일간지 광고보다 비싼 가격에 거래된다. 책의 경우는 정말 운 좋게 노출되는 경우가 아니면 그런 방식을 쓰지 않는데(들인 돈을 회수할 만큼의 판매가 이루어지기를 낙관하기 어렵기 때문일 듯하다), 대신 편집자, 출판사 마케터의 인스타그램 계정이 그런 용도(#북스타그램 #책스타그램)로 많이 쓰인다. 그러나 그 경우는 '관계자'가 칭찬하기 때문에 '진짜 같은' 흥미를 끄는 데는 큰 효과가 없다. 오묘하지 않은가. '진짜 같은'이라는 말은 진짜와는 관계없다. 하지만 그런 걸로 치는 셈이다. 그렇게 '우연히' 노출된 듯한 물건들에 대해서는 해시태그가 달리고 질문 댓글이 달린다. "저거 어디서 사셨어요?" 보통의 독자에게 어떤 책의 신뢰도는 여러 번 공유되는 것을 의미한다. 누군가 읽고 있다면, 그만큼 많은 사람이 읽고 있다면 그 사실만으로 호기심을 끈다. '사진이 말해요.' 일간지 광고를 해야 '출판사에서 뭐 좀 하고 있나 보다' 하고 생각하던 문화는 이제 이렇게 변화하는 중이다. 이런 변화 속에서 블로그 마케팅은 전보다 시들해졌다. 당연한 일이다.

이런 상황이니 글쓰기는 붐이 될 수밖에 없다. 직업 작가의 글은 점점 안 팔리지만, 일반인 작가의 글은 점점 수요가 많아지고 있다. 글을 잘 쓰는 능력이나 전문성만큼이나 고유한 경험이 독자들 사이에서 더 높은 평가를 받는다. 이미 유명한 사람보다 이제 유명해지려는 사람이 더 자기 홍보에 열심이고, 그 말인즉슨 자신의 글을 읽어주는 독자에게 더 열심히 다가간다는 뜻이다. 독자도 발견되고 싶어 한다. 익명의 독자에 머무는 대신, 소통하고, 존재감을 확인받고 싶어 한다. SNS를 통해 소통하는 신인 에세이 작가들은 적극적으로 독자들을 찾아다니며 '좋아요'를 누르거나 감상 글을 '공유'한다. 독자에게도 주목받을 기회가 생기는 셈이다. 독자로 인정받은 경험이 작가가 되고자 하는 용기를 북돋는다. 전문성을 갖추기는 어렵지만 누구에게나 고유한 경험은 있다.

책은 팔리지 않지만 글은 항상 읽는다. 글쓰기가 붐인데 독자는 줄어드는 중이다. 십 대를 대상으로 하는 강연을 할 때 내가 자주 던지는 질문은 이것이다. "알고 싶은 게 있을 때 어디에 검색해요?" 성인들은 포털사이트를 먼저 떠올리지만, 십대 청소년은 '유튜브'라고 한다. 모든 것을 유튜브에서 보고 배운다. 게임을 할 때, 물건을 살 때와 같은 돈을 써야 할 때 위험도를 최소화하기 위해 구매 후기와 사용기를 동영상으로 보는 것은 물론이고, 실연을 당했을 때도 유튜브를 검색해 슬라임(액체 괴물, 액괴라고도 부른다)을 만지는 관련 제목의 영상을 찾아본다. 슬라임은 찰흙처럼 주무르면서 그 형태를 바꿀 수 있는데, 찰흙보다 더 쉽게 모양이 바뀌며, 여러 색상과 종류가 있고, 만지는 재미가 중독적이다. 나는 처음 슬라임 영상을 보고 전혀 이해하지 못했는데, 젤리 같은 슬라임을 주무르면서 여러 형태를 만드는 내용의 영상인데 제목은 '짝사랑하다 상처받은 적', '오늘 학교에서 생긴 일' 같은 식이다. 영상을 보면 왜 제목이 그런지 전혀 이해할 수 없는데, 영상만 보고는 그런 내용인지를 유추하는 일이 불가능해서다. 영상에서는 슬라임을 손으로 주무르기만 한다. 그러면 짝사랑하다 상처받아서 뭐가 어떻게 되었는지를 어떻게 아는가? 자막이 나온다. 자막이 내내 좋아했다가 잘 안 된 이야기를 늘어놓는다. 이 콘텐츠는 영상인가 텍스트인가? 이렇게 물어보자. 만일 슬라임 영상에서 텍스트를 모두 빼버린다면 영상만 보고 이것이 무엇에 대한 내용인 줄 맞출 수 있는 사람이 있을까? 불가능하다. 하지만 십대들에게는 영상에 포함된 텍스트는 글이 아니라 영상으로 인식된다. 글씨까지가 영상인 셈이다.

  에세이의 시대는 그 '관계성'에 방점이 찍힌 글쓰기에 최적화되어 있으며, 보통의 경험과 공감이 문제의 근본 해결책을 가르쳐 온 전문가의 조언보다 높은 선호를 받게 한다. 지식의 종언인가. 에세이는 원래 학술서와는 다른 길을 걸어왔다. 하지만, 신뢰할 수 없는 전문가의 시대를 누가 열었을지는 생각해볼 일이다. 환자의 말을 듣지 않는 의사, 가짜뉴스 같은 지상파 뉴스, 환경파괴 정책을 자문하는 교수, 주례사비평을 하는 평론가. 이전에 문자화된 지식을 만들고 유통할 수 있던 이들은 소수였지만 이제 그렇지 않다. 권위와 문자는 분리되는 중이다. 읽고 쓰기, 혹은 쓰고 읽기는 이전 어느 때보다 개인과 개인의 관계를 중심으로 발전하는 중이다.

독자 타깃팅과 시장 분석에 대하여

이 꼭지는 편집자가 요청해서 쓰는 글 중 하나인데, 솔직히 나도 독자 타깃팅과 시장 분석에 대해서는 아는 것이 없다. 그걸 알았다면 내 책을 더 잘 팔 수 있었겠지.

가끔 사람들이 그런 농담을 한다. 이런 영화를 좋다고 만든 인간들이 있다니. 이런 책은 나무에 미안해해야 해. 이걸 누가 읽어.

영화나 책을 소비하기 위해 돈을 지불한 이들에게 그런 말은 농담이 아니겠지만. 놀랍게도, 그런 책도 다 잘될 거라고 생각하고 만든다. "이거 재밌을 것 같지 않아?"라는 악의 없는 의기투합이 당신의 분노를 사는 창작물을 세상에 내놓는 것이다.

내가 아는 유일한 독자 타깃팅은 딱 둘이다. 첫째, 최소한 내게는 재미있나. 둘째, 내 편집자가 이 글이 읽히리라 생각하나.

처음 책을 기획하는 단계에서는 나와 편집자를 중심으로 독자 타깃팅과 시장 분석이라는 것을 한다. 그 방법은 이렇다.

내가 쓰고자 하는 책과 유사한 책이 무엇이 있는지를 찾아본다. 그 분야의 책의 주요 저자는 어떤 사람들인지, 그 분야의 베스트셀러는 어떤 책이며 어느 정도나 팔렸는지, 최근 해당 분야 신간은 얼마나 많이 나오고 있는지를 살핀다. 이 책을 기획하는 단계에서 담당 편집자는 내가 하는 글쓰기 강의를 수강했다. 강의에 얼마나 많은 사람이 오는지, 강의 내용이 어떤지, 사람들의 반응이 어떤지를 살피고, 강의에서 살릴 부분과 추가해야 할 부분을 생각했다. 글쓰기 책이 최근 많이 출간된다는 점을 감안해 가능한 빨리 출간하고자 마감을 서둘렀다.

이렇게 남이 쓴 책들을 살피다 보면 누군가는 '별거 없네' 생각하는 모양이다. 나는 대체로 '다들 대단하네'라고 생각하는 쪽이다. 깜짝 베스트셀러(예상치 못한 저자나 주제의 책이 종합 베스트셀러 상위를 지킬 때)가 탄생하면 다들 논평을 시작한다. 나도 그런 논평가 중 하나다. 요즘 사람들이 지쳐서 그래. 한국인들이 '있어 보이는 책'을 좋아해서 그래. 여성 독자들이 예쁜 표지를 좋아해서 그래. 남성 독자들이 글을 안 읽어서 그래. 저자가 잘생겨서 그래. 남들이 다 사서 그래. 정말이지 분석만 들으면 베스트셀러를 뚝딱 만들 수 있을 것 같다. 실제로 그런 생각으로 책을 기획하고 출간한다. 하지만 책은 팔리지 않는다…. 업계 언저리에서 십수 년 일해본 바로는, 출판사 사람들이 베스트셀러는 신이 만든다는 말을 하면서 '농담이 아니고'라고 강조하는 데는 다 이유가 있다.

그러니 최소한 당신 자신과 당신의 편집자가 만족할 기획이어야 한다. 어떤 독자들이 당신의 책을 골라주기를 원하는가? 가상의 독자를 상상하며 기획안을 쓴다. 그가 어떤 사람인지. 어떤 라이프스타일의 사람인지. 몇 살이며 어떤 이유로 책을 구입할지. 그리고 그를 위해 글을 쓴다. 독자를 향하여.

원고의 표지 만들기와 제안서 쓰는 법

출간 가능 여부를 알아보기 위해 출판사에 원고를 투고한다면 표지를 만들기를 권한다. 원고가 길다면 표지는 언제나 도움이 된다. 원고를 읽는 사람들이 참고할 사항들을 중심으로 추린 다. 표지를 만드는 이유는 어디까지나 읽는 사람의 편의를 위한 것이다. 서점에서 표지만 보고 책을 사는 독자의 심정으로 써보자. 실제는 아니지만 예시로 만들어보면 다음과 같다.

여기가 아니면 어디라도
- 여행을 떠나는 순간, 여행이 깊어지는 순간

장르: 여행 에세이
특정한 지역에 대한 여행기는 아니고 여행에 대한 여러 생각을 담은 에세이 모음. 인생을 바꾸는 여행이 따로 있는 게 아님을 알면서도 여행으로 한숨 돌리는 보통 사람들의 이야기를 담고자 했습니다.

저자: 이다혜

〈씨네21〉 기자로 근무 중. 지은 책으로는 《책 읽기 좋은날》《어른이 되어 더 큰 혼란이 시작되었다》가 있다. 여행을 떠나기 위해 출근을 견딜 수 있다고 믿고 있다. 여행이 무조건 좋다는 힐링 에세이가 아닌, 여행의 즐거움과 괴로움에 대해 쓰고 싶다.

연락처: (이메일, 핸드폰)

SNS 계정: (있다면 적는다, 요즘 저자들이 책을 홍보하는 첫 통로이자 많은 경우 유일한 통로는 본인의 SNS 계정이다.)

타깃 독자층: 20~40대의 여행을 좋아하는 사람들

차례: – 여기가 아니면 어디라도: 나는 왜 여행을 좋아하는가
　　　　– 문제는 외로움이다: 다른 이들과 함께, 혹은 혼자 여행하기의 장단점
　　　　– 싫은 것은 싫다: 여행과 관련한 징크스
　　　　– 헤비 로테이션: 쇼핑하기, 음악듣기 등에 대한 기술
　　　　– 무규칙의 즐거움: '이래야 한다'는 여행에 대한 편견을 따르거나 부수거나
　　　　– 그날의 인생: 실제 다녔던 여행의 특별했던 순간들
　　　　– 여름으로 가는 문: 일상을 여행처럼 경험하는 법

분량: 원고지 450매(완고)

단행본 출간 경력이 없다면 단행본 분량의 원고를 완성해서 보내기를 권하지만, 출간 경력이 없다면 '표지'에 샘플 원고를 더해 출판사에 제안서 형식으로 보낸다. 샘플 원고는 적어도 전체 책 분량의 1/3은 필요하다.

　　내 책과 유사한 책이 있다면 그런 책들의 제목도 '유사 도서' 같은 항목을 추가해 함께 적는다.

　　글을 연재하고 있는 곳이 있다면 연재하는 곳을 명기한다. 이미 매체에 연재 중이라면 그 매체명을, 개인 블로그에 연재 중이라면 개인 블로그를 적는다.

　　최동민 작가의 《작가를 짓다》는 브런치 연재를 하다가 단행본이 되었고, 《회색 인간》 등 김동식 작가의 소설집은 '오늘의 유머' 게시판에서 좋은 평가를 받은 뒤 책으로 묶였다. 그곳이 개인 블로그든 게시판이든 '연재'했다는 사실은 필자로서 좋은 평가를 받게 해주는데, 최소한 '꾸준히 글을 쓸 줄 아는 사람'이라는 뜻이어서다.

출판사나 매체 고르는 법, 접촉 방법

2000년대까지만 해도 '기성 작가'들이 책을 내는 방법 중 가장 선호되는 방법은 이것이었다. 매체에 연재를 하고 그 글을 묶어 단행본으로 냈다. 여전히 많은 작가들은 이 방법으로 책을 쓴다. 다만 연재할 지면이 줄어들었을 뿐이다.

　나 역시 매체에서 일하다 보니 자주 연재 관련 문의를 받는다. 연재를 하고 싶다는 내용인데, 대체로 그 메일의 내용은 놀랄 정도로 간결하다.

유형1

　　　안녕하세요.

　　　저는 ○○대학교의 교수 ○○○입니다.

　　　제가 영화를 좋아해서 글을 써보고 싶은데

　　　생각이 있으시면 연락주세요.

···

안녕하세요.

평소 영화를 좋아해서 글을 써보고 싶습니다.

일반 독자의 글도 실어주시나요?

메일에 제가 쓴 원고를 첨부했습니다.

제 연락처는 000-0000-0000입니다.

···

읽어볼 수 있는 원고가 있을 때도 있지만 없을 때도 많다. 가장 큰 문제는 원고가 매체 성격과 전혀 맞지 않을 때가 많다는 것이다. 그냥 본인이 써둔 원고 중에 '영화 원고'처럼 보이면 한번 보내본다는 식이다. 내용도 내용이지만 원고의 '톤 앤 매너' 역시 중요하다. 어느 매체나 이슈를 취사선택하고 다루는 방식이 있다. 단어의 취사선택도 매체마다 차이가 있다. 같은 책에 대한 리뷰라 해도, 일간지, 시사주간지, 패션지, 단행본에 들어갈 때 똑같을 수 없다. 블로그에 올린 글이 괜찮아 보여서 어디에 싣고 싶다고 해도 그 매체에 어울리는 리라이팅이 필요하다.

알고 있다. 거절당할 수 있다고 생각하면 미리 너무 노력하고 싶지 않고, 거절을 쿨하게 받아들일 수 있을 정도의 최소한의 노력만 하고 싶을 것이다.

그런 원고를 보면 거절하는 쪽도 크게 고민하지 않고 거절할 수 있게 된다. 읽어보는 쪽이 손해일 정도로 무성의하게 작성한 원고라면 고민할 필요조차 없다.

연재를 위해 매체에 컨택할 때는 내가 쓰려는 글이 투고하려는 매체와 맞는지 정도는 생각해봐야 한다. 영화잡지라고 해서 영화 관련한 모든 원고가 실리지는 않는다. 출판사도 마찬가지다. 내가 쓰는, 혹은 쓰고자 하는 글과 그 출판사에서 낸 책의 톤 앤 매너 정도는 확인하라는 말이다. 그 매체에 외부 필자의 원고가 얼마나 실리는지도 중요하다. (거의) 외부필자의 원고만으로 잡지를 만드는 기관지나 사보의 경우는 오히려 투고를 거의 받지 않는다. 기관지나 사보와 관련된 일을 하는 직원이나 업계 관련자로서 투고한다면 그런 사실을 투고할 때 확실히 밝히면 도움이 될지도 모르지만.

어느 출판사를 컨택하면 좋을까. 내가 내고자 하는 분야 혹은 톤 앤 매너의 책을 여럿 출판한 곳을 찾는다. 제안서라고 부르든 기획안이라고 부르든 그 내용은 대동소이한데, '표지'에 적은 내용을 풀어 쓴다고 생각하면 쉽다.

'아님 말고' 식으로 메일을 한번 보내볼까 하는 경우라면 안 보내도 된다. 딱 그만큼의 가벼운 마음으로 무시당하거나 거절의 답을 듣게 되니까.

교고쿠 나츠히코가 《우부메의 여름》이라는 소설의 원고를 출판사에 투고했던 일화는 꽤 유명하다. 기타무라 가오루의

《와세다 글쓰기 표현 강의》에 〈군조〉 편집장을 역임했던 가라키 아쓰시 본인이 직접 그 일화를 소개한다. 연휴 중간의 어느 날 어쩌다 출근했다가 전화를 한 통 받게 된 가라키 아쓰시. 직접 원고를 보내주면 받아주느냐는 질문에 신인상 참여를 권유했지만, 상대는 매수가 너무 많다며 읽어보지 않겠느냐고 물었다. 그렇게 도착한 육필원고를 본 그는 '이건 읽을 수밖에 없겠다'는 기운을 느끼고는 다른 업무도 있는데 집으로 원고를 들고 가 끝까지 읽었다. 그리고 투고자에게 전화를 했는데, 아내가 받아 투고자가 출장 중이라고 하더라고.

이 일화가 매력적인 이유는, 내가 《우부메의 여름》을 열 번도 더 읽은 애독자라서가 첫째, 세상에 그 분량의 육필원고를 정성스레 읽는 편집자와 작가의 상황이 매력적이라고 느껴서가 둘째다. 원고를 가져가면 'SNS 팔로워가 몇 명입니까'라는 질문을 받는 세상에서 듣기에는 둘도 없는 옛 시절의 낭만 같다.

지치지 않고 글을 지속적으로 쓰려면

글을 쓰고자 하는 욕구에는 타인으로부터 인정받고자 하는 욕구가 포함되어 있다. 글을 누군가가 읽어주었으면 하는 마음이야말로 쓰고자 하는 강력한 동기가 된다. 글에 대한 피드백 역시 유혹적이다. 무플보다 악플이 낫다는 말도 그래서 나온다. 원고료 정산이 끝난 원고의 무플은 나를 전혀 괴롭게 하지 않는데….

지치지 않고 글을 지속적으로 쓰는 가장 큰 힘은 누군가 읽어준다는 믿음이다. 나아가서는 누군가가 내 글을 좋아한다는 믿음이다. 이 모든 고통에도 불구하고 내 글이 존재해야 하는 이유가 있다고, 설령 글이 팔리지 않고 조회수가 나오지 않는 나날에조차 언젠가는 읽히리라고 믿어야 계속 쓸 수 있다. 또한, 읽히고 화제 되는 일에만 혈안이 되지 않아야 휩쓸리지 않는 글을 계속 써갈 수 있으리라. 화제 되는 일만 따라다니는 사람은 매순간 검색되는 글을 쓸 수는 있을지 몰라도 그 사람다운 심지가 굳은 글은 쓰기 어렵다. 음, 이렇게 말하고 나니 화제 되는 일만 따라다니면서도 심지 굳은 사람을 누군가 찾아내 나를 힐난할 것 같다. 그런 사람 몇 쯤은 지구상에 존재해도 괜찮겠지 뭐. 분명한 것은 사람들의 관심을 많이 받는 데 치중해서 글을 쓰기 시작하면 '반응'이라는 눈치를 보게 된다. 그리고 그것은 직업으로 글을 쓰는 사람들 모두가 걸린 불치병이다.

글을 돈 받고 '파는' 단계에 이르기까지 시간이 오래 걸릴 수 있다. 어쩌면 영영 그런 날이 오지 않을 수도 있다. 죽은 이후에 읽힐지도 모른다.

기대도 낙담도 없이 꾸준히 쓰는 사람이 되기란 쉽지 않다. 글 쓰는 사람의 마음 챙기기란 바로 그런 데 있으리라.

여기에 반전이 있는데, 나는 원고 청탁이라는 것을 받기 전까지 오랫동안 광란의 블로거였다. 내 블로그는 대체로 비공개 상태였는데, 하염없이 아무 말이나 쓰고 또 썼다. 날마다 야구 경기 관전 후기를 썼고, 들은 음악, 읽은 책, 본 영화에 대해 썼다. 친구를 만나고 와서도 후기를 썼고, 혼자 논 날도 일기를 썼다. 먹은 음식에 대해서도 썼다. 공부 진도에 대해서도 썼다. 이쯤에서 눈치챘겠지만 나는 친구가 많은 사람이 아니다. 그냥 읽고 쓰는 것을 좋아하는 괴인이었을지도⋯.

글 쓰는 일은 보상이 크지 않다. 운이 좋으면 성공하지만 그 운이 나에게 적중하리라는 과도한 믿음보다는 적당한 근심을 안고 성실하기를 택하는 편이 낫다. 그러니 글쓰기를 좋아하는 사람이 되기야말로 꾸준히 글을 쓰는 최고의 방법이다.

나는 오랜 시간을 '내가 쓴 글 읽기를 좋아하는 사람'으로 지내며 버텼던 것 같다.

선택할 수 있다면, 통장 잔고를 불리기를 좋아하는 사람이 되는 편이 좋았을 텐데.

6
이제 글을 써볼까

"나는 내 뮤즈도 기다리고요.
나는 늘 사랑을 하는 쪽이었으므로-사랑받는 쪽이
되어본 적은 없이-인생의 많은 시간을 기다리며 살아왔어요.
기차를, 배를, 발자국 소리를, 초인종 소리를, 편지를, 전화를,
눈을, 비를, 천둥을, 기타 등등을."

존 치버, 《존 치버의 편지》

글쓰기 전, 생각을 정리해주는 8가지 질문

글쓰기 수업에는 항상 이 문진표를 나누어준다. 한두 항목이 바뀔 때도 있지만 전체 골격은 유지하고 있다. 한 항목씩 답해보자.

나는 어떤 글쓰기를 하고 싶은 걸까

1. 독서, 영화감상, 여행 중 가장 자주 접하는 것은 무엇인가요?

2. 픽션과 논픽션 중 어떤 쪽을 주로 읽으시나요? 이유는?

3. 어떤 경험에 대해 누구와, 어떻게 이야기하시나요? 블로그에 정리한다든가, SNS로 공유한다든가, 인터넷 서점이나 영화 별점 앱에 평을 쓴다든가, 가족이나 친구에게 들려준다든가. 그렇게 가장 많이 이야기하거나, 반응이 좋았던 글은 무엇에 대한 것이었나요?

4. "누구에게게라도 / 누구보다도 자신 있게 설명할 수 있다"는 작품이 있다면 제목을 알려주세요.

5. 스물세 살 이전에 경험한 책, 영화, 여행 중 가장 인상적이었던 작품이나 장소는 무엇 / 어디인가요? 관련해 가능한 한 구체적으로 적어주세요.

6. 책, 영화, 여행 중 가장 글로 써보고 싶은 테마는 무엇인가요?

7. 이 사람처럼 글을 써보고 싶다는 작가가 있으신가요? 누구인지 알려주세요.

8. 당신이 한 권의 책이라면, 그 책의 목차는 어떻게 구성될까요? 10개의 챕터로 나누어 써주세요.

질문들의 의미에 대해 말하자면

작성을 완료했는가? 그러면 각 항목의 대답을 통해 당신의 글쓰기의 특징을 살펴보자. 아래는 내가 이 질문을 왜 던졌는지에 대한 설명이다.

1.
독서, 영화감상, 여행 중 가장 자주 접하는 것은
무엇인가요?

내가 가장 많은 레퍼런스를 갖고 있는 게 무엇인지 생각
해보는 질문이다. 좋아하는 것에 대해 쓰기보다 내가 잘
아는 것에 대해 쓰기가 더 쉬운 경우가 많이 있다. 쓰기
편한 주제를 다루는 법을 연습하며 좋아하는 주제에 대한
글쓰기로 발전시켜 가기를 권하는데, 여기서 독서, 영화감
상, 여행을 예로 들어 선택하는 이유는, 개인적 경험(사랑
이나 이별의 경험부터 전공분야와 직업으로 하는 일)을 연관 지
어 글로 표현했을 때 공감을 얻기 좋은 대중적 관심사에
해당하기 때문이다.

2.
픽션과 논픽션 중 어떤 쪽을 주로 읽으시나요?
이유는?

의식적으로, 글을 쓰고자 하는 분야의 책을 픽션, 논픽션
모두 어느 정도 균형을 맞춰 읽도록 노력하는 게 좋다. 의
식하지 않고 독서를 이어가면 좋아하는 쪽에 편중되기 쉬
운데, 감정을 고양시키는 글쓰기와 정보를 효율적으로 전

달하는 글쓰기는 짧은 글에서 둘 다 필요한 미덕이 된다. 같은 주제를 다루면서도 픽션과 논픽션 간에 온도 차이가 있는 책들도 많다. 글쓰기에 관심이 있다면 독서할 때 이런 배분을 신경 쓰면 좋다. 어느 한 쪽에 과하게 기울어진 독서를 하고 있지 않은가 확인하기 위해서 던진 질문이다.

3.
어떤 경험에 대해 누구와, 어떻게 이야기하시나요?
블로그에 정리한다든가, SNS로 공유한다든가,
인터넷 서점이나 영화 별점 앱에 평을 쓴다든가,
가족이나 친구에게 들려준다든가.
그렇게 가장 많이 이야기하거나, 반응이 좋았던 글은
무엇에 대한 것이었나요?

내 글에 대한 반응을 확인하기가 점점 쉬워지고 있다. 일기장에 쓴다면 몰라도 SNS에 글을 쓰면 '좋아요' '공유하기' 등의 기능을 통해 어떤 식의 글이 좋은 반응을 얻는지 금방 알 수 있게 된다. 내가 자주 쓰는 주제/소재와 반응이 좋은 주제/소재에 대해 생각해보는 질문이다. 여기서 명심할 사항. SNS 글쓰기는 꼭 '잘 써서' 좋은 반응을 얻지는 않는다. 단순히 웃기거나 어이없거나 귀여운 동물 사진이 있을 때도 좋은 반응을 얻는다. 그래서 하고 싶은 말을 정확히 전달하는 글쓰기와 관심 끄는 글쓰기를 분리하고, 가능한 한 전자를 노력해 키워가는 연습을 하길 권한다.

SNS 글쓰기에 대해 덧붙이고 싶은 이야기가 있다.

홍석재 감독의 〈소셜포비아〉라는 영화에는 레나라는 인물이 등장한다. 레나는 대학교 때 글을 제출하고 합평하는 수업 시간에 남이 쓴 글에는 신랄한 비평을 하지만 정작 본인의 글을 쓰는 데 어려움을 겪은 인물이다. 인터넷 시대의 글쓰기의 편리한 점은 다른 사람들의 글에 대한 반응만으로도 얼마든지 글을 쓰는 기분을 맛볼 수 있다는 데 있다. 문제는, 타인이 한 말이나 쓴 글에 자신의 의견을 덧붙이는 일은 가능하지만 애초에 내 글을 쓰기는 어려운 경우다. 자기 의견을 정리하기 전에 남의 의견부터 찾아 수합한 뒤 양비론으로 뭉개는 습관이 있는지 여부를 점검하는 질문이기도 하다.

4.
"누구에게라도/누구보다도 자신있게 설명할 수 있다"는 작품이 있다면 제목을 알려주세요.

자유롭게 '썰을 풀 수 있는' 작품이 있는지 묻는 질문이다. 글쓰기뿐 아니라 말하기와도 관련된 질문으로, 생각을 많이 해봤거나 좋아하는 작품일수록 반복해 말하게 되는 경향이 있다. 이미 여러 번 화제로 올려본 작품이 있다면 그 작품에 대해서 써보기를 권한다.

5.
스물세 살 이전에 경험한 책, 영화, 여행 중 가장 인상적이었던 작품이나 장소는 무엇/어디인가요? 관련해 가능한 한 구체적으로 적어주세요.

스물세 살이라는 나이가 중요하다기보다, 비교적 문화활동 할 시간적 여유가 있고 한번 보거나 들은 것으로부터 영향을 많이 받는 연령대가 10대 후반에서 20대 초반까지라고 생각하고 던지는 질문이다. 이후 많은 경험을 통해 바뀌기도 하지만, 취향의 많은 부분은 이때 결정된다. 내 취향의 원형은 어떤 것이었을까? 거기에 답하는 질문이다.

6.
책, 영화, 여행 중 가장 글로 써보고 싶은 테마는 무엇인가요?

더불어, 가장 쓸 말이 많을 것 같은 테마는 무엇인가. 가장 잘 알고 있는 테마는? 어려울 것 같지만 꼭 쓰고 싶은 테마는? 막연히 글을 쓰고 싶은 기분이 아니라, 어떤 글을 쓰고 싶은지를 구체적으로 생각해본다.

7.
이 사람처럼 글을 써보고 싶다는 작가가 있으신가요? 누구인지 알려주세요.

'내 스타일'을 찾기 전에 내가 원하는 스타일이 무엇인지 탐색하는 질문이다. 나의 경우, 내가 좋아하는 작가들을 발견하면서 그들의 글이 나를 움직이듯 내 글로 다른 사람을 움직이고 싶다고 생각한 것이 글을 쓰게 된 가장 큰 계기였다. 좋은 작가들이 글을 풀어가는 방식, 표현하는 방식으로부터 많은 영향을 받았음은 물론이다. 당신에게 그런 작가는 누구인가? 그 작가의 어떤 작품을 어떤 이유로 좋아하는가?

8.
당신이 한 권의 책이라면, 그 책의 목차는 어떻게 구성될까요? 10개의 챕터로 나누어 써주세요.

목차는 글의 구성이다. 글을 쓴 이후에 목차를 짜기도 하고, 글을 쓰기 전에 목차를 완성하기도 한다. 긴 글일수록 책 전체의 리듬을 고려해 목차를 구성하게 된다. '나 자신'

에 대해 쓴다면 어떤 순서가 될까. 단순히 1, 2, 3, 4로 이어지는 목차를 쓸 수도 있고, 10대부터 10년 단위로(100세 시대라고 하니까!) 끊어 그때의 나의 삶을 회고해보고 상상해보며 목차를 쓸 수도 있다. 현재까지의 삶까지만으로 책을 한 권 쓴다고 상상할 수도 있고, 특정한 한 해를 10개의 챕터로 나눌 수도 있으며, 앞으로의 삶만을 목차로 구성할 수도 있다. 당신은 어떤 선택을 했는가? 당신의 목차는 사건 중심인가, 시간 순서인가. 당신이 생각하는 당신 자신은 어떤 사람이고 싶은가.

Q.
**여행에 대해 쓰기는 책이나 영화에 대해 쓰기와
무엇이 다른가요?**

간접경험에 대해 쓰기와 직접경험에 대해 쓰기의 차이라
고 생각합니다. 책, 영화, 음악을 걸쳐두고 나 자신의 생각
을 전개할 때는, 어떤 의미에서는 그 작품 뒤에 숨게 되거든
요. 책이 그랬어. 영화가 그랬어, 음악이 그랬어, 하고. 그런
데 여행에 대해 쓰기, 나의 경험에 대해 직접 쓰기에 나서
면 그리 녹록지 않다는 걸 알게 됩니다. 여기는 "내가 그
랬어"의 영역이거든요.

자기 자신에 대해 말하거나 쓸 때 거짓말, 혹은 거짓말은 아
니지만 집요한 생략과 과장이 섞이는 경우가 많은 이유는 그
래서입니다. 자기가 한 실수나 나쁜 일에 대해 남의 이야기인
것처럼 써버리는 경우도 적지 않죠. "내 친구 얘기인데"라며
고민상담할 때 그게 본인의 이야기인 경우가 많은 것처럼.

여행에 대해 쓰기가 다른 이유는 그것만은 아닙니다. 여행은 직접경험에 해당하는데, 막상 쓰려고 보면 감상만 나열할 게 아니라면 책과 영화를 사전이든 사후든 참고해야 하는 경우가 많이 생깁니다. 글을 쓰는 일의 좋은 점은, 사실관계를 확인하고 관련된 이야기를 찾아보며, 역사, 인물, 예술 등에 대해 두루 접할 수밖에 없게 만든다는 것이지요. 여행이라는 단발성의 경험이 글을 통해 더 오래 지속되는 생명을 얻습니다.

그런데 여행에 대해 쓰기에서 제가 가장 좋아하는 점은 이것입니다. 힘들고 버거웠던 경험도 많은 경우 쓰는 과정을 통해 감당할 수 있는 '내 것'의 영역으로 들일 수 있어요. 여행의 사건사고는 이런 말하고 쓰는 과정을 거치며 '내가 잘하는 이야기', 썰의 영역으로 들어가기도 하고요. 사건사고가 재미있는 추억으로 남는 대표적인 경우가 여행에 대해 쓸 때가 아닐까 합니다.

Q.
여행에 대해 쓸 때, 특별하지만 위험한 경험을 어디까지 솔직하게 말할 수 있을까요?

불법인 일은 어디서든 하지 않는 게 좋습니다. 잘 알지 못해 불법을 저질렀더라도 그것을 무용담으로 포장하는 일은 별로 권하고 싶지 않습니다. 여행이 금지된 구역으로 떠나 경험한 이야기 같은 게 대표적일 테고요. 마약이나 성매매와 관련된 경험담도 마찬가지입니다.

특별하지만 위험한 경험, 이라는 표현 자체가 모호한 데가 있죠. 어디까지가 특별하지만 위험한 경험일까요? 사람마다 느끼는 온도 차이는 있을 테지만, 첫째는 앞서 말한 바대로 불법인지가 기준일 테고, 두 번째는 위험한지가 기준이 된다고 생각합니다. 그 경험을 통해 범죄자의 낙인이 찍힐지의 여부를 본인이 책임져야 하는 것처럼, 그저 관심 끌기 좋은 특이한 이야기라는 이유로 글로 옮겼을 때 지는 리스크도 전적으로 본인의 것이 된다는 점을 염두에 두세요.

Q.
**특별한 경험이 없을 때, 그 경험을 어떻게 재미있게
말할 수 있나요?**

흔치 않은 경험에 대한 글만큼이나 흔한 경험에 대한 글이 잘 팔리는 시대라고 생각합니다. 탐험가들이 새로운 대륙을 발견하던 시대는 지나갔지요. 특별하다는 경험조차 살펴보면 그렇게까지 드물지 않은 경우를 많이 봅니다. 경험이 너무 평범하고, 생각도 평범하고, 글도 평범하다. 그

런 것을 두고 공감을 얻는 글이라고 부릅니다. 남들도 하는 경험이기 때문에, 작가와 독자가 서로 닮은 꼴을 발견했기 때문에 거기서 재미가 생겨난다는 말입니다.

제가 여행에 대해 친구들과 이야기할 때 가장 자주 하는 말이 있어요. 어디든 가고 싶어서 미칠 지경이라 카드빚 내서 갔더니 하고 싶은 게 없고, 심지어 떠나기 전날 밤에는 그냥 집에 있고 싶어서 후회막급이라고. 저만 그런 줄 알았는데 다들 그렇더라고요. 여행에 관한 그런 글을 보고 웃게 된다면 왜일까요. 화려하고 특별한 이야기는 내 것이 아니다 싶지만 이 경험은 나의 것이다, 나 혼자만 그런 건 아니네, 싶어서겠죠. 여행에 대해 쓰는 방법 중 한 가지는 여행이 싫다, 혹은 사실 나는 여행에 관심이 없다고 쓰는 것이랍니다.

일상 바깥에서 글감을 가져오고 싶다면 관련된 책이나 영화를 참고하시는 것도 가능합니다.

공감이라는 강력한 도구를 사용할 수 있다는 점을 명심하세요. 글을 쓰기 위해 필요한 것은 가장 독특한 무언가가 아닙니다.

Q.
글 쓰는 연습을 하며 말하는 능력도
키울 수 있을까요?

말할 것도 소리 내 읽는 연습을 하면 도움이 되는데요, 내가 쓴 글을 반복해서 읽어보세요. 물론 여기에도 요령이 있습니다. 저는 입사시험 앞둔 취업준비생에게 이런 방식을 권하는데요. 먼저 자기소개서를 씁니다. 그리고 스마트폰의 녹음기를 켜고 자기소개서를 읽어봅니다. 녹음을 들어보는데, 아무래도 어색하죠. 자기소개서를 한 번도 끊지 않고 전체를 읽어낼 수 있을 때까지 녹음하고 듣기를 반복합니다. 이 과정에서 자연스럽게 읽히지 않고 반복해서 실수하게 되는 부분은 입말에 편하게 수정합니다. (읽기 위한 글쓰기에서 가장 중요한 부분입니다.)

다음으로는, 글을 보지 않고 기억나는 대로 말해봅니다. 평소 말하는 투에 가깝게 '천천히 말한다'는 느낌으로 자기소개서를 보지 않고 말해봅니다. 표현을 똑같이 하지 않아도 됩니다. 머릿속에서 글의 흐름을 떠올리고 말하는 연습입니다. 전체적인 흐름이 머릿속에 있다는 생각이 들면 이번에도 녹음기를 켜고 녹음해봅니다. 그리고 녹음을 들어보는데요, 보고 읽을 때와 다르게 말을 끌거나, 끊거나 하는 부분들을 체크해서 다시 녹음해봅니다.

멈추지 않고 말할 수 있을 때까지 이 과정을 반복하며 모니터합니다.

저도 말버릇이 있습니다. '사실' '예컨대' '이를테면' 같은 표현을 자주 쓰는 편입니다. 경험상으로는 피곤할 때일수록 버릇을 컨트롤하기 어렵습니다. 그런데 버릇이 나온다고 해서 억지로 없애려고 노력하기보다는, 하려던 식과 다르게 말했을 때 당황하지 말고 말을 이어가는 훈련을 하는 쪽이 좋습니다. 글에서 시작하는 편이 말을 조리 있게 하는 데 도움이 됩니다. 그래서 남 앞에서 말할 때 이런 과정을 거치면 좋지요. 쓰면서 생각하니 저도 더 훈련이 필요하네요.

Q.
**글을 어떻게 써야지 내가 전달하고자 하는 말을
명확하게 전달할 수 있을까요?**

내가 쓰고 싶은 말이 명확한지를 먼저 생각해보세요. '이런 분위기'가 아니라 '이것'을 전달한다고 생각해야 합니다. 의사전달이 잘 안 된다고 느껴질 때 글을 잘 읽어보시면, 나의 의사가 글에 잘 드러나지 않을 때가 적지 않아요. (상대방이 제대로 읽지 않는 경우도 있지만요.) 나의 의견을 분명히 하지 않고 어렴풋하게 '이런 풍의 이야기'라는 느낌으로만 글을 쓰면, 읽는 쪽에서 혼란을 겪기도 합니다.

생각이 명확하지 않은 상태에서 정보를 적당히 붙여 글을 쓰면 이런 일이 자주 생깁니다. 과제로 글을 내는 경우에 자주 보게 되는 글쓰기 방식이기도 합니다. 좋아하지도 싫어하지도 않고, 찬성하는 동시에 반대하는 식의 글이 되면, 읽는 입장에서는 글 쓴 사람은 어디에 있지 싶어지거든요. 그냥 정보만 나열하는 글쓰기라면 상관없지만, 많은 경우는 '결론'이라는 것이 필요해집니다. 글을 읽은 사람이 '왜 이 글을 썼는지 알 수 없다'는 인상을 받는다면, 상대를 탓하기 전에 내가 원하는 내용이 글에 제대로 적혀 있는지를 살펴보세요.

의견이 필요한 글이 아니라 정보 중심의 글이라 해도, 정보를 취사선택하는 과정 자체가 의견에 준하는 힘을 갖습니다. 정보의 단순 나열이 아니라 정보로 무엇을 드러낼지 생각해보세요.

Q.
글쓰기에 앞서 생각을 정리하는 법을 알려주세요.

나는 무엇을 쓰고자 하는가? 이 질문이 첫 번째입니다. 소재든 주제든, 쓰고자 하는 대상을 분명히 하세요.

그런데 쓰려고 보면, 내 생각을 모르겠는 때도 있어요. 생각을 정리하려고 해도 뭘 어떻게 정리하라는 건지 도통 모르겠는 거죠. 이 영화는 말하자면 재미있었는데, 아주 훌륭한 건 아닌 것 같고, 걸작은 아닌데 난 괜찮았고, 이렇게 생각이 뱅뱅 돌기만 하는 경우요. 이 책의 리뷰 쓰기 관련 챕터에서 해당되는 이야기를 자세히 읽어보시면 도움이 될 거예요. 생각을 구체화하는 훈련에 대해 적혀 있습니다.

쓰려는 논지를 뒷받침하는 관련 자료나 사실관계, 경험, 느낌을 한번 정리해보세요. 관련한 의견글을 찾기보다 관련한 정보를 먼저 찾아보세요. 어렴풋한 인상을 주장으로 바꾸는 과정에서 필요한 작업입니다.

찾아본 중에서 가장 강렬한 사례가 있었나요? 강렬한 이유는 무엇인가요? 강렬한 사례가 있다면 글에 그 사례가 포함되면 좋습니다.

Q.
업무를 위해 글쓰기를 할 때 필요한 점이 있다면 무엇일까요?

업무를 위한 글쓰기에서는 내가 책임질 수 있는 범위가 어디까지인지를 먼저 확인하면 좋습니다. 책임지지 못할 약속을 하거나, 잘 알지 못하는 내용을 추측해 쓰거나, 내

부에서만 공유되는 이야기를 부주의하게 써버리면 곤란하겠죠. 그래서 경력이 쌓인다는 말은 이 선을 정확히 판단할 수 있는 사람이 된다는 뜻이기도 합니다.

저는 업무를 위해 원고 청탁을 하거나 제가 받은 원고, 혹은 출연 요청을 수락하거나 거절하는 이메일을 많이 씁니다. 청탁을 할 때도 받을 때도, 필요한 정보가 누락되지 않게 쓰는 게 첫째입니다. 원고 청탁이라면, 어디에 실리는 어떤 내용의 글인지, 분량은 얼마만큼이고 마감일, 게재일, 원고료, 원고료 입금이 마감일로부터 한 달 이상 차이 난다면 원고료 정산 예정일까지가 중요한 정보가 됩니다. 경험상, 청탁 내용이 허술할수록 정산까지 문제가 많은 업체입니다.

누군가의 요청을 해결하기 위해 업무 처리를 할 때도 있습니다. 항의에 대해 해명해야 할 때도 있고, 사과문을 쓸 때도 있습니다. 이때는 '당사자 입장'에서 글을 쓰시면 좋습니다. '내 일'이라는 생각으로 글을 쓰고, 꼼꼼히 퇴고하지 않으면, 강 건너 불구경하는 인상을 주어 상대의 분노를 사게 되기도 합니다.

항의하는 내용에 답변하는데 무엇에 항의하는지를 전혀 이해하지 못하는, 그야말로 동문서답의 상황이 있을 때도 있습니다. 원고 수정에 관한 이야기를 나눌 때 이런 일이 자주 생깁니다. 애초에 상황인식이 달라 말이 어긋나기만

하는 경우는 글로 적어 전달하면 상대가 이해하는 경우도 있지만, 경험상 계속 이해하지 못한 채로 관계만 껄끄러워지기도 합니다. 가치관이나 인격의 문제인 경우는 아무리 정교한 논리가 있어도, 정중한 문장을 써도 통하지 않습니다. 혐오표현을 쓰는 사람을 설득하기 어려운 것은 이런 이유입니다. 공부를 많이 한 사람일수록 자기 고집이 세고 자기 확신이 강하며 타인을 가르치려고 드는 일도 많이 봅니다. 글쓰기와 말하기는 누가 다루느냐에 따라 사람을 망치는 도구가 되기도 합니다. 애석하게도.

업무 관련한 글을 쓸 때는 나와 반대되는 생각을 가진 사람이 제기할 만한 질문은 무엇이 있는지도 염두에 두시면 좋습니다. 발표를 하거나 회의에 들어갈 때 예상 질문을 생각하며 문서를 작성하시면 좋습니다.

Q.
글을 쓰다가 뒷 주제가 생각나서 앞 주제를 끝내지 않고 뒷 주제의 키워드를 쓰고, 다시 글을 쓰기 시작합니다. 이건 좋지 않은 습관인가요?

상관없습니다. 결국 하나의 완결된 글을 쓸 수 있다면요. 하지만, 결국 글을 맺지 않고 다음, 다음으로 넘어가 완결된 글을 쓰지 못한 채로 계속 새로운 글을 시작하기만 한다면 반드시 고쳐야 할 습관이 됩니다.

솔직히 말해볼까요. '새로운 생각'은 애석하게도 지금 글을 마무리할 수 없기 때문에 하는 딴짓과 같습니다. 마감이 되지 않을 때 저는 손톱을 깎거나 설거지, 집안 청소를 합니다. 안 하던 일이 재미있어지고, 갑자기 3시즌짜리 드라마 정주행을 시작합니다. 완성에 대한 공포, 혹은 끈기 없음이 딴짓으로 사람을 이끕니다.

소설가인 지인들에게는 이 이슈가 사느냐 죽느냐 수준으로 심각합니다. 단편이든 장편이든 시작한 이야기를 마무리해야 하는데, 쓰다 보니 "이 산이 아닌가 봐" 싶은 생각이 들며 더 좋은 이야기가 떠오른다는 겁니다. 그래서 그 이야기로 방향을 틀면 제3의 이야기가 떠오릅니다. 영원히, 새로운 대륙은 여러분을 향해 손짓합니다. 지난 계절에 뿌린 씨는 거두지도 못하고 '완성하지 못하는 자들의 연옥'에서 빠져나오지 못합니다.

쓰다 말고 다른 글감이 떠오르고, 그 글감이 그럴 듯해 보인다면 그것에 대해 새로 글을 시작해도 좋습니다. 그 글은 반드시 완성한다는 마음으로요.

참고로, 뛰어난 작가들도 집필 계획을 지키는 데 어려움을 겪습니다. 《위대한 개츠비》를 쓴 스콧 피츠제럴드는 1934년 편집자에게 쓴 편지에서 이런 하소연을 합니다. "원래 계획은 낮에는 평소대로 일하고 밤에는 단편 한 편씩 수정 작업을 끝내는 것이었는데, 보다시피 낮에 일하고 나면 기진맥진해서는 한 시간이면 끝날 수정 작업을 두 시간에 걸쳐 질질 끌다가 결국에는 짜증만 치민 채 천근만근 무거운 몸으로 침대에 누워 잠 못 이룬 채 뒤척이다가 그 다음 날 일어나서는 편지를 받아 적게 하고 수표에 서명하는 것과 같은 업무밖에 보지 못하는 그런 상태가 됩니다." 편집자에게 구구절절한 변명을 참 길게도 하지요? 그러고는 덧붙입니다. "지금은 지푸라기 하나에도 낙타의 등이 부러지는 시기입니다⋯" 하소연도 창의적이네요.

Q.
글을 완성하는 습관을 들이는 방법은 무엇인가요?

죽이 되든 밥이 되든 글을 맺어보는 경험을 쌓는 것이 중요합니다. 소설 작법 수업을 듣던 친구에게 소설 쓰기가 가르치고 배울 수 있는 성질의 것이냐 물었더니, 그 친구가 한 말은 이렇습니다. 합평에 내야 하기 때문에 어쨌든 글을 맺기는 하게 된다고요. 그 친구는 이제 제가 좋아하는 소설가가 되었습니다. 글을 맺기까지 여전히 고생은 하고 있는 것 같긴 해요. 원하는 글을 끝맺는 것이야말로, 좋은 글감 모으는 것보다 중요한 훈련입니다. 좋은 자동차 부품이 있어도 조립이 끝나지 않는다면 길을 달릴 수 없습니다. 글쓰기 연습은 이 자동차를 내가 원하는 디자인, 성능에 맞춰 완성해 길 위에서 달리게 하는 훈련 같은 것입니다. 노력은 언제나 보답받습니다. 시간이 좀 걸릴지는 몰라도요.

분량을 상정하고 글을 쓰면 글을 완성하는 데 도움이 되기도 합니다. 분량을 정한 뒤 쓸 수 있는 만큼 일단 써봅니다. 그 다음에 퇴고를 하며 글을 완성하는 식입니다. 이런 과정을 거치면 처음 구상과 완전히 다른 글이 태어나기도 하지요. 퇴고 과정에서는 설계 과정에서보다 분명하게 완성된 글의 형태를 마음속에 갖고 있어야 합니다. 완성하기 어렵다면, 일단 자료조사를 시작하세요. 꼼꼼하게 모은 자료를 반복해 읽으며 내 생각의 흐름을 이어갑니다.

Q.
더 많은 사람에게 닿을 수 있는 퀄리티의 글을 써보고 싶습니다.

더 많은 사람에게 닿을 수 있는 글을 쓰고 싶으세요? 많은 사람에게 닿는 글이 반드시 높은 퀄리티의 글이 아니라는 점을 명심하세요.

글 쓰는 일을 업으로 하는 기자들끼리 만나서 종종 불만을 터뜨립니다. 글을 쓰고 월급을 받지만, 월급 받는 곳 밖에서는 기자만큼 홀대받는 필자도 없다고요. 글쓰기가 아닌 다른 일을 업으로 하면서 글도 쓸 줄 아는 필자들이 훨씬 우대받는다는 투덜거림인데요. 글쓰기가 단순히 기술의 문제가 아니라 이야깃거리의 문제라는 사실을 잘 알려주는 것이기도 하지요. 기자들도 다른 매체 기자들에게 원고 청탁 잘 안하면서 이런 투덜거림을 늘어놓더라고요.

요즘은 SNS를 통해 데뷔하는 시인, 에세이스트가 많이 있습니다. 글쓰기를 업으로 하는 기자, 등단 작가들은 또 입이 댓발 나옵니다. 왜지? 왜냐고? 더 좋은 책이 세상에는 얼마든지 많아! 더 좋은 문장을 쓰는 사람들이 많은데 왜지?

사람들이 글을 읽는 이유는 많습니다. 주술호응이 맞는 문장을 길게 쓸수록 높은 점수를 받고 더 많이 읽히는 식이 아니죠. 관심사에 따라, 공감도에 따라, 스트레스 정도에 따라 사람들은 읽고 싶은 글을 찾습니다. 정확한 정보보다 내가 알고 싶은 대로의 거짓말 읽기를 선택하는 사람도 많고요. 인기 있는 작가에게는 인기 있는 이유가 있습니다. 단순히 그 방식을 따라한다고 되는 것도 아닙니다. 출판관계자들 사이에 하는 말이 있죠. 베스트셀러는 신이 만든다고. 작가의 유명도나 마케팅과 무관하게, 운명 같은 타이밍이 만드는 베스트셀러들이 있어요.

내 글이 어떤 사람들을 만났으면 하시나요? 그들이 읽고

자 하는 글은 무엇일까요? 그들이 안전하게 좋아할 글 말고 나는 어떤 도전을 해보고 싶은가요? 많이 읽히기를 원한다면, 내가 할 수 있는 것과 (잠재) 독자들이 원하는 것 사이에서 접점을 찾아보세요.

Q.
자세히 관찰하고 깊게 생각하는 법은 어떻게
익힐 수 있나요?

관찰한 내용을 자세하게 나열하는 연습을 해보세요. 구체적으로. 그러려면 구체성이 드러날 수 있는 것들을 조사하게 됩니다. 비슷한 단어들 사이에서 가장 적확한 표현을 찾아내게 됩니다. 아는 게 많아지면 관찰은 훨씬 입체적이고 구체적이 됩니다.

사랑의 언어를 생각해보세요. 사랑할 때 우리의 지각력은 평소를 뛰어넘습니다. 평소와 다르게 꼭 다문 입술만 보고도 화가 난 건 아닌지 근심하고, 문자메시지에 답하는 속도만 봐도 지금 정신이 딴 데 가 있는지 알아채기도 합니다. 만원 인파의 지하철에서 사랑하는 이의 얼굴을 단번에 찾아내기도 하지요. 모르는 사람의 눈에 다 같아 보이는 것들이, 아는 사람, 사랑하는 이의 눈으로는 전부 다른 의미를 지니게 됩니다.

때로는 어휘력이 부족해서 관찰이 단순해지는 경우도 있습니다. "좋아" "싫어"는 분명한 의사표현이지만, 이 두 문장으로 모든 의견을 표현할 수는 없습니다. 이럴 때 독서가 도움이 됩니다. 오늘 나를 기쁘게 한 바람을, 잠들기 전 나를 괴롭히는 상념을, 그와 비슷한 것들을 다른 작가들이 그려내는 방식을 찾아보세요.

Q.
이런저런 생각이 많을 때 글로 써서 기록하고
정리하고 싶은데 잘 안 되는 것 같아요. 일상이나
감상(경험)을 기록하는 방법이 있을까요?

저는 좋은 생각이 나면 핸드폰 메모장에 적어두려고 노력하는 쪽입니다. 혹은 녹음기를 씁니다. 축제를 구경하게 되면 영상을 찍고, 기차 창밖의 풍경이 아름답다면 사진을 찍고. 불법이 아니라면 촬영, 녹음, 메모를 합니다. SNS에서도 '관심글'을 따로 저장합니다.

그리고 그게 문제가 됩니다. 정리를 하지 않으면 메모리 잡아먹는 쓰레기일 뿐입니다.

지금 이 글은 저 자신을 위해 쓰고 있네요. 슬프게도, 저 역시 제때 정리를 하지 못해서 고통받고 있습니다. 메모장이나 녹음 내용을 귀가한 뒤 정리하는 습관이 정말 필요합니다!

여행에 대한 글을 쓸 때, 글감이 되는 것들을 따로 정리해 두기도 합니다. 팸플릿이라든가 기념품이라든가. 그 봉지 채 사라지는 경우도 있지만…. (숙연)

기록하기, 정리하기. 잊지 말자 미래의 나여.

Q.
읽기 쉬운 글을 쓰는 법(복잡한 내용이나 심각한 내용을 쉬운 단어를 쓰면서도 술술 읽히게 글쓰기)이 있나요?

제가 잡지사에 입사해서 글쓰기에 대해 배우던 초반에 자주 들은 충고는 "너도 모르는 것에 대해 함부로 쓰지 마라"였습니다. 읽었지만 이해하지 못한 책에 대해 쓸 때도 이런 실수를 하는 경우가 많습니다. 학생들의 과제에서 이런 문제가 자주 발생하죠. 용어는 가져다 쓰는데 맥락이 잘못된 곳에 놓이는 경우입니다. 충분히 이해하면 그것을 '나의 언어'로 옮길 수 있습니다. 마치 번역하듯이요. 충분히 이해하면 효과적으로 설명 가능한 예시를 찾아낼 수도 있습니다. 어떤 소설에 대해 "너무 어렵다"고 하소연했더니 그 작가를 전공한 교수님이 "번역이 잘못되어서 그렇다"고 일갈하셨던 기억이 나네요.

제가 〈씨네21〉에 입사했던 때, 안정숙 편집장은 당시 취재팀장이었고 지금은 영화평론가인 허문영 기자의 글에 대해 "쉬운 이야기가 아닌데도 잘 읽히고 이해하기 쉽게 쓴다"는 요지의 찬사를 하곤 했습니다. 깊이 생각한 내용을 여러 복잡한 해석 과정을 거쳐 글로 풀어내는데, 어려운 단어 없이도 핵심을 잘 짚어내고, 문장이 유려해 읽는 맛이 있으며, 읽는 이를 설득하는 힘이 있고, 무엇보다 잘 읽힌다고. 직장생활 초반에 좋은 선배들을 만나 글쓰기를 배운 것은 평생 갈 행운으로 삼고 있습니다.

그런데 과학 관련 글쓰기에 대해서 저는 한 물리학 박사님으로부터 이런 말도 들었습니다. 어렵고 복잡한 것에는 어렵고 복잡한 이유가 있다. 천재도 한참을 숙고해 풀어낸 물리 법칙을(당시에 설명하던 것은 특수상대성이론이었습니다) 물과 불, 왼쪽에서 오른쪽, 이렇게 저렇게 같은 단어만 써서 쉽게 이해하려고 해서는 안 된다고요. 어려운 것을 이해하는 데는 그만큼의 공이 듭니다. 과학법칙부터 인간관계까지, 살면서 한 번쯤은 치열하게 고민하고 어려움에 눈물짓는 경험이 있어야 합니다. 어려운 글 읽기나 어려운 글쓰기에 도전하는 것 역시 그 맥락으로 이해할 수 있을 테고요.

Q.
필사가 중요할까요? 그렇다면 주의할 점이 있을까요?

필사를 하다 보면 어떤 리듬으로 글이 잘 읽히는지를 알게 됩니다. '이 글에서는 두 단어도 바꿀 수 없다'는 감각을 직접 써보면서 알게 되기도 하고요. 또한 도입부부터 결론부까지를 글을 몸으로 관통하면서 경험할 수 있습니다. 하지만 내용을 숙지하며 써야 하죠. 단순히 한 번 다 써봤다고 되는 일이 아닙니다. 필사에 도전한다면, 글씨체보다 글 내용 숙지에 더 신경 쓰기를 권합니다.

Q.
제가 글 쓰는 일을 직업으로 삼으며 살아갈 수 있는 사람인지 조금이나마 확인해보고 싶습니다.

요즘은 글을 쓸 수 있는 곳이 많아졌습니다. 작가들이 데뷔하는 경로도 다양해졌고요. SNS로 많은 사람들의 공감을 얻는 분들의 책이 큰 사랑을 받기도 합니다. 하태완 작가의 《모든 순간이 너였다》 좋아하시는 분들 많으시죠? 트위터로 처음 알게 된 도대체 작가님의 《일단 오늘은 나한테 잘합시다》도 정말 재미있습니다. 전문 직업인의 애환을 담은 에세이가 널리 읽히기도 하고요. 공모전 같은 바늘구멍을 통과하지 않아도, 충분히 여러 사람이 읽는 글을 파는 작가가 될 수 있습니다.

그럼에도 불구하고, 글을 써서 먹고사는 일은 어렵다고밖에 할 수 없습니다. 성공 사례는 언제나 그 성공을 원하는 사람의 숫자에 비하면 극소수니까요. 게다가 원고료는 한국의 다른 많은 노동 소득처럼 좀처럼 그 값이 오르지 않습니다. 원고지 10매면 A4 한 장 분량인데, 이 정도 분량의 원고료는 보통 10만 원입니다. 지면이나 작가의 인지도에 따라 같은 글 양이어도 20만 원, 30만 원 혹은 그 이상을 받기도 하지만, 그것도 청탁이 있을 때의 경우입니다. 알려지지 않아 인터넷 사이트에 글을 쓰면서 커리어를 시작한다면 원고료가 없는 상태를 얼마나 견뎌야 할지 기약이 없는 게 사실입니다. 그래서 다른 일을 생업으로 하며 글쓰기를 시작하는 분들이 많습니다.

좋은 책이 될 글을 찾는 많은 편집자들이 인터넷에서 작가를 찾습니다. 공감 가는 글을 쓰는 사람, 재미있는 글로 공유가 많이 되는 사람을 찾습니다. 〈이동진의 빨간책방〉을 비롯한 팟캐스트의 최동민 PD는 《작가를 짓다》라는 책의 저자이기도 한데요, 전에 출연했던 팟캐스트의 내용을 발전시켜 브런치 사이트에서 연재를 했고 '카카오 브런치 금상'을 받으면서 책 출간까지 하게 된 경우입니다. 내 글을 어디에 노출시킬지, 어떤 글이 반응이 좋은지를 인내심

있게 시도해보세요. 혼자 완성된 상태로 세상에 등장하는
일은 공모전의 형태로 가능하지만, 다른 모든 일이 그렇듯
글쓰기도 처음 시작하기보다 지속하기가 어렵습니다. 글
로 꾸준하게 소통할 수 있는 창구를 찾고, 거기서 독자들
을 만드세요.

Q.
**이다혜 기자님은 〈씨네21〉에서 '다혜리의 요즘
뭐 읽어'를 연재 중입니다. 그리고 여러 권의 책을
출판하시기도 했고요. 요즘 많은 이들이 책 읽기를
등한시하고 인문학 소양을 갖추려고 하지 않는데,
책의 유익함에 대해 한 말씀 부탁드리겠습니다.**

저는 책이 유익해서 읽은 게 아니라 재미있어서 읽었습니
다. 제가 글을 쓰면서 가장 즐거울 때는, 제가 쓴 글을 읽
고 사람들이 "쓰신 글 보고 궁금해져서 그 책 저도 사서
읽었어요"라고 할 때입니다. 언젠가 강연에서, 어떤 학생
이 이런 질문을 한 적이 있습니다. "요즘에는 경험이 중요
하다고들 합니다. 이력서를 쓸 때도 경험한 것들을 적게
되어 있습니다. 그런데 왜 굳이 책을 읽어야 합니까?" 그
때의 답을 다시 한 번 하면 어떨까 합니다. 현실에서의 경
험과 독서는 어느 한 가지를 선택하는 것이 아니라 같이

가는 것입니다. 걸을 때 왼발 오른발을 번갈아 걷는 것처럼, 읽고 경험하고를 번갈아 하면서 앞으로 나아가는 것입니다. 경험만 있으면 그 경험을 때로 논리적으로 때로 재미있게 자신만의 방식으로 풀어내는 일이 힘들고, 독서만 있으면 글과 말은 있으되 내용이 없는 사람이 되어버립니다. 나라는 사람이 어떤 사람인지, 내 생각이 무엇인지 기틀을 잡아가기 위해서 다른 이의 글을 읽고 내 글을 쓰는 과정이 필요합니다. 그래서 저는 독서가 무엇보다 귀중한 자산이 된다고 믿습니다.

Q.
책을 많이 읽어야겠다는 생각은 늘 가지고 있는데요,
어떤 책을 골라야 할지 잘 모르겠습니다.

혼자 서점에 가서 매대를 한번 둘러보세요. 어떤 잡지에서 어떤 부록을 주나 한바퀴 구경해보고, 외국 책 표지도 한번 훑어보고, 인문학 책 서가도 둘러보고, 소설 신간 매대와 베스트셀러 매대도 보고, 에세이도 들춰보고… 그러다가 '궁금한' 책이 보이면 한번 사다 읽어보세요. 읽어봤는데 재미가 있을 수도 있고 없을 수도 있습니다. 성공하면 성공한 대로, 실패하면 실패한 대로 다음에 책을 고를 때 기준을 하나 세울 수 있겠지요. 표지를 보고 고르면 안 된다든가, 추천사를 보고 고르면 안 된다든가, 작가의 말을 보고 고르니 괜찮다든가…. 남이 짜준 독서리스트를 따라가다가 책에 흥미를 잃는 경우를 많이 봤습니다. 숙제 같이 하지 마시고 취미로 즐겨가면서 책을 접해보세요. '읽어야겠다'가 아니라 '읽어볼까' 하는 가벼운 마음으로.

Q.
소설가가 될 생각도 없는데 왜 소설을 읽어야 하나요?

소설가 김영하 작가의 《읽다》라는 책에는 '책 속에는 길이 없다' 장이 있습니다. 프란츠 카프카의 《성》이 이 장의 주인공입니다. 측량기사 K가 성주의 부름을 받고 성에 들어가는 길을 찾아 헤매는 장면을 독서와 연결 지어 설명하고 있죠. 우리는 소설을 펼치며 길을 찾습니다. 이야기의 중심을 찾아 떠납니다. 그 중심부는 작가에 의해 섬세하게 감춰져 있고 그것을 찾기 위해 독자는 소설 속의 모든 요소를 마치 주의 깊은 사냥꾼처럼 살피게 됩니다. 하지만 소설과 현실은 크게 다르죠. 현실의 자연은 그저 그곳에 존재할 뿐이니까요. 하지만 주인공의 눈을 거쳐 그 나무를 독자가 보게 되는 순간, 독자는 그 나무를 발견해야 하는 의미를 탐색하게 됩니다.

Q.
숨김없는 글을 쓰는 용기를 얻는 법이 있을까요?

상심傷心이라는 단어를 영어로 옮기는 방법 중 하나는 'heartbroken'이라고 생각합니다. 마음에 상처를 입는다거나 마음이 부서진다는 이 표현을 저는 좋아하는데요, 무형인 감정에 물리적 속성을 부여해 표현하기 때문입니다. 무형의 마음을 수리하는 비법이 있나요? 비법은 아직 발견된 바가 없고, 다양한 민간요법이 저마다의 효과를 주장합니다. 누군가는 사랑에 빠지면 된다고 하고, 누군가는 전부 잊으라고, 상담을 받으라고, 집중할 새로운 관심사를 찾으라고… 그리고 누군가는 글을 써보라고 합니다.

아픈 기억에 대해 숨김없이 쓰는 일이 도움이 될까, 그런 용기는 어떻게 얻을 수 있나를 궁금해하신다면 제 대답은 이렇습니다. 용기가 나지 않기 때문에 글을 쓴다고. 파커 J. 파머는 《모든 것의 가장자리에서》라는 책에서, 고통을 겪는 사람들은 마음이 부서진 사람들이라고 설명합니다. 그런데 마음이 부서져 조각나 흩어진 게 아니라 '부서져 열린 것'이라고 말이지요. 열린 마음을 통해 많은 것들이 들어옵니다. 이런 경험을 표현한다는 것은 그야말로 용기라고 할 수 있겠지요. 저 역시 언젠가는 글로 옮기고 싶은, 아직은 용기를 내지 못해 쓰기를 망설이는 글이 있습니다. 고통스러운 경험이 글의 형태로 눈앞에 보여도 저 자신이 괜찮을지, 아직은 망설이고 있습니다. 글을 쓰는 작업 자체가 용기입니다.

아픈 기억에 대해서가 아니라 숨김없이 당당한 글을 쓰는 법이 궁금해 던진 질문이라면, 어떤 숨김없는 글을 쓰고자 하는지 먼저 결정하셔야 합니다. 나 자신에 대한 숨김없는 글은 많은 경우 자기과시적이 되기 쉽고, 타인에 대한 숨김없는 글은 또한 많은 경우 타인을 함부로 재단하는 글이 되기 쉽습니다. 언젠가 문학평론가의 칼럼에 대해서 편집자로서 의견을 제시한 일이 있었는데, 그 문학평론가는 그 일로 '수모'를 겪었다고 생각하고는 기나긴 글을 썼더라고요. 자신이 저지른 잘못은 숨기고, 타인에 대한 비난을 솔직한 척 과장하는 것은, 숨김없는 척하는 글이 자주 저지르는 잘못입니다. 솔직함과 솔직한 척은 다릅니다. 이때는 용기보다는 자기 성찰이 더 도움이 됩니다.

Q.
**글을 쓰고 나서 다음에 읽어보면 오그라들 정도로
감정 과잉이 심해요. 담백한 글은 어떻게 쓰는 걸까요?
담백한 글이 더 좋은 글일까요?**

요즘은 덜한 듯하지만 2000년대 한국에서 글을 쓰는 일을 업으로 하거나 업으로 삼고자 하는 사람들 사이에는 '헤밍웨이 신드롬'이라고 부를 만한 강박이 있었습니다. 아참, 한국만의 문제는 아니고 2000년대만의 문제도 아닙니다. 제가 그때 겪었고, 요즘엔 덜하다고 느낄 뿐이지요. 헤밍웨이 신드롬이라고 거창하게 불렀습니다만, 이것은 '단문을 써야 한다'는 강박이라고도 할 수 있을 듯해요. 문장을 쓸 때 감정과잉이라는 느낌을 받아본 적 있다면 더 헤밍웨이에게 매달리게 됩니다. 헤밍웨이식 문장법 처방을 요약하면 이렇습니다. 문장은 단문을 쓴다. 형용사와 부사는 가능한 한 쓰지 않는다. 썼다면 퇴고하면서 전부 지워라. 명사와 부사만으로 뉘앙스를 충분히 전달한다면, 굉장한 능력자라고 생각합니다. 글을 쓰면서 이 문제로 오랫동안 저 스스로를 괴롭혔습니다. 다른 분들도 마찬가지일 거예요. 그런데 그런 헤밍웨이도 원고를 지나치게 길게 써서 편집자의 가혹한 가위질에 시달린 적이 있습니다. 단문이냐 장문이냐만 문제가 되지는 않아요. 쓰는 입장에서야 서비스로 사탕 하나 얹어주는 가게 주인 마음처럼 부사도 더 써주고 형용사도 두 번쯤 더 써보고 단문을 복문으로 꼬아도 보고 싶겠지만, 저자 자신이 알고 있는 것이라면 집 화장실에 있는 예비용 티슈 개수까지 쓰고 싶겠지만, 읽는 사람 생각도 하셔야지요.

제가 편집자로 일한 경력은 2000년 11월부터입니다. 그 경력의 9할을 저는 주간지 편집자로 일했습니다. 그렇게 읽어온 원고들 중 아름다운 글을 떠올려봅니다. 비문도 상당했음은 확실히 말씀드릴 수 있어요. 형용사와 부사가 많았던 것도 분명합니다. 어떤 글이 좋은 글이냐를 판단하는 기준을 정하기 어렵듯 담백한 글이 최고인가 역시 그 기준을 판단하기 어렵습니다. 또한 글이 감정에 치우쳤다든가 담백하다든가 하는 평가는 단순히 기술적인 부분에 달려 있지 않습니다.

담백해야 할 때(담백하기를 원할 때) 그런 글을 쓸 수 있는 능력이 필요합니다. 사랑을 고백하거나 멀리 있는 연인에게 그리움을 전하는 편지를 담백하게 써야 한다고 생각하는 이는 많지 않을 텐데요. 군대 간 이에게서 오는 첫 번째 편지는 받는 이가 가족이든 연인이든 친구든 눈물로 읽고 오래 간직할 글이지만 그 글이 감상적이라고 비난하는 경우는 본 적이 없습니다. 일과 관련된 글이라면 대체로 감정적이기보다는 글이 쓰인 이유를 기능적으로 해결하는 식이면 좋겠지요. 담백한 글이 능사는 아닙니다.

다만, 대체로 글에 감정이 넘친다는 생각이 들고 그것을 고치고 싶다면, 글을 쓰는 동기가 감정적 고양이 아닌가를 먼저 돌아보세요. 흥분 상태일 때 글을 쓰면 글도 그 감정을 닮으니까요. 그리고 감정을 드러내는 표현을 대신할 수 있는 표현을 생각해보세요. 인용을 통해 '내 감정'의 온도를 낮출 수 있는 방법을 찾아보세요. 관련한 보도를 찾아 개인의 문제가 아니라 여럿의 문제로 확장해보는 일도 가능합니다.

Q.
진부하지 않게 글을 시작하는 법과 마치는 요령이 궁금합니다.

첫 문장에 대한 신화는 과장된 면이 있습니다. 강신재의 〈젊은 느티나무〉를 읽기 전부터 첫 문장은 알고 있었습니다. "그에게서는 언제나 비누 냄새가 났다." 남자가 손을 깨끗하게 씻어서 언제나 비누 냄새가 났다니. 문장이 사람을 반하게 할 수도 있군요! "나는 아무것도 아니다. 그날 저녁 어느 카페의 테라스에서 나는 한낱 실루엣에 지나지 않았다"는 파트릭 모디아노의 《어두운 상점들의 거리》 첫 문장은 어떤가요. 이 문장은 《어두운 상점들의 거리》뿐 아니라 모디아노의 작품세계 전체를 요약해 보여주는 근사한 분위기 메이커가 됩니다. 그런데 떠올려보면 에세이는 이런 유명한 '첫 문장'이 없어요. 에세이에서도 좋은 문장은 많이 발췌되지만 그것이 '첫 문장'인 경우는 거의 없습니다. 논픽션이 대체로 그렇습니다. 소설에서의 첫 문장이 이후 이어지는 이야기에 독자를 끌어들이는 유혹의 소나

타라면, 비소설의 첫 문장은 처음 놓인 문장입니다. 도입부가 진부한가 아닌가, 마무리가 진부한가 아닌가는 약간씩 다른데요, 이 책의 퇴고 관련 부분에 자세히 적었으니 참고하세요.

Q.
사람들이 읽고 싶어 하는 글을 쓰려면 어떻게 해야 할까요? 뒤에 이야기를 더 듣고 싶다든지, 호기심을 가지게 되는 글은 무엇일까요?

논픽션은 글 서두에 '뻥'을 치시면 뒷부분을 읽게 유도하는 데 도움이 됩니다. 이런 글쓰기를 저는 '폭탄 터뜨리고 시작하는 글쓰기'라고 표현하는데요. 이런 식입니다. "영화는 죽었다." "정우성은 연기의 신이다." "정경화의 신들린 연주!" 가능한 최고의 수식어를 붙인 문장으로 일단 시작한다고 보시면 됩니다. 이런 표현이 글 초반에 등장하면 '어, 정말?' '무슨 배짱이지?' 싶어 일단 글을 읽게는 됩니다. 애석하게도, 폭탄부터 터뜨리고 보는 필자들의 글은 대체로 "이 글은 쓰레기다!"라고 첫 문장을 바꿔주고 싶게 만들곤 하지요. 수습 못 할 과장법을 쓰는 글의 말로입니다.

그래도 '폭탄 터뜨리고 시작하는 글쓰기'는 꽤 인기 있습니다. 왜냐하면 많은 현대인들은 글을 끝까지 읽지 않기

때문입니다. (묵념)

독자들의 신뢰를 얻어야 하는 논픽션 쓰기가 '이후 이어질 글'에 관심을 갖게 유도할 수 있는 가장 좋은 방법은, 글 양에 따라 다르겠습니다만 이후 이어질 글 내용을 성실하게 유혹해 앞부분에 제시하기입니다. 책 서문을 읽어보면 책의 재미나 충실함을 가늠할 수 있습니다.

논픽션 중에서도 에세이는 독자에게 '말을 건다'는 기분으로 도입부를 만들면 좋습니다. 말을 거는 방식이 유혹적이라면 잠시 시간을 함께 보낼 수 있어요. "도를 아십니까?"라든가 "인상이 선하시네요" 같은 유혹….

그런데 질문처럼 '사람들이 읽고 싶어 하는 글을 쓰는' 요령은 무엇일까요. 일단 사람들이 뭘 읽고 싶어 하는지를 생각해야겠죠. 특정 이슈에 대해서도 여러 관점이 가능할 텐데, 내 글이 만났으면 하는 독자는 누구일까를 먼저 가늠합니다. '잘 쓴 글'의 기본은 나를 알고 너를 아는, 지피지기의 글쓰기입니다.

Q.
좀 더 논리적이고 생생하게 내 생각을 타인과
또 나 자신과 나누고 싶어요.

논리적인 글쓰기, 어렵습니다. 사실관계를 정확히 기술하고 인과관계를 엮고, 읽은 사람들마다 해석에 따라 다 다른 말을 하지 않게 쓸 수 있을까요.

읽는 사람마다 해석이 달라지는 일이야 쓰는 입장에서 통제가 불가능합니다만, 글이 오해의 여지가 적고 주장이나 해석이 일목요연하게 보이게 쓰는 일은 가능합니다. 그러려면 먼저 내가 글을 통해 보여주려는 논리가 무엇인지 알아야겠지요. 주장을 담은 글이라면 그에 걸맞는 근거가 필요합니다. 각종 인용이나 경험은 근거로 자주 글에 활용됩니다.

논리적으로 무엇을 말하고 싶은가? 이 부분이 해결되지 않은 상태에서 글 혼자 논리적이 될 수 있는 마법의 구조 짜기는 불가능합니다. 세상 수많은 '자칭' 논리적 글은 주장과 부합하는지 숙고하지도 않은 숫자와 인용으로 덧칠되어 있습니다. 독자가 꼼꼼하게 읽지 않고 적당한 숫자와 적당한 인용이 존재하기만 하면 믿어버리는 일이 잦기 때문입니다. 인터넷에서 떠도는 거짓 뉴스에 대해 언론사들이 '팩트 체크'라는 코너를 만들게 된 이유입니다. 숫자가 있다고 근거가 확실하다는 보증은 되지 않아요. 사람들을 호도하기 위해서일수록 그럴 듯해 보이는 숫자놀음이 등장합니다.

논리적으로 글을 쓰고 싶다면 빈 종이(컴퓨터로도 관계없습니다)를 하나 펴고 거기에 '핵심주장'을 세 문장 이하로 적어보세요. 그리고 관련한 사실, 뉴스, 경험을 적습니다. 상관관계가 있는 내용을 묶고, 항목을 나눠, 함께 거론되어야 할 논지를 더해나가며 틀을 짭니다. 글 쓰는 본과정보다 글을 준비하는 구성 단계에 더 공을 들이세요. 숫자든 문장이든 인용할 때는 반드시 출처를 확인하고 적어줍니다. "어떤 영화에서" "언젠가 읽은 책에서" 같은 표현이 불가피할 때가 아니라면 영화 제목을, 책 제목을 적어야하고, 통계수치라면 어디서 언제 어떻게 낸 통계인지를 확인한 뒤 적어줍니다. (지면 성격에 따라 주석으로 처리할 때도 있고 간단히 조사 주체만 적어주기도 합니다.)

인문학으로 분류되는 학문에 관심이 있다면, 해설서를 읽기 전에 반드시 원서에 도전해봐야 합니다. 인문학 열풍과 더불어 원서는 아예 제치고 해설서만 가지고 철학자나 소설가의 생각을 아전인수격으로 끌어들이는 일을 보게 되는데, 논리로는 그럴 듯해도 제대로 읽지 않은 티가 나는 인용구 범벅인 글은 신뢰를 줄 수 없습니다.

Q.

**내가 쓰고자 하는 내용과 방향이 있는데 쓸수록
원하던 내용에서 벗어나거나 마음에 들지 않는
글로만 쓰여질 때 어떻게 하면 좋을까요?**

처음 글을 쓰려는 의도를 벗어나 삼천포로 빠지는 글이

재미있을 때도 많이 있습니다. 글쓰기도 글 읽기도 유흥의 하나일 때가 많아서, 목표가 불분명해도 얼마든지 즐거울 수 있어요. 유머가 섞인 많은 글은 그런 '샛길'을 멋지게 꾸밉니다. A에 대해 말하는 줄 알고 읽기 시작했다가 A는 온데간데없고 Z에 대해 알게 되는 글. 쓴 사람이 의도한 바가 그것이라면 충분합니다. 주장이 분명한 글만 좋은 글은 아닙니다. 무슨 말인지 모르겠는데 자기도 모르게 끝까지 읽게 만드는 글이야말로 굉장합니다. 얻을 게 없어도 재미있다고 생각하지 못해도 시간을 들여 글을 읽게 만든다니요. 오래된 친구와의 잡담이 대체로 그렇습니다. '용건만 간단히'는 없지요. 용건이 없이 그냥 만나니까요. 그래도 충분히 재미있습니다.

문제는, 하려는 말이 분명히 있었는데 쓰다 보니 원치 않던 방향으로 빠질 때입니다. 이런 글은 '하려는 말'에 대한 확신이 불분명하거나, 쓰다 보니 확신이 없어졌을 때 벌어집니다. 과제로 쓰는 글에서 자주 보게 되는데, 분량은 채워야겠고, 할 말은 없는 거죠. 일단 아무 말이나 쓰는데 쓰면서도 혼란을 겪어요. 그래도 꾸역꾸역 씁니다. 무조건 버팁니다. 끝이 날 때까지. 일단 분량만 채워도 절반의 성공.

쓰고자 하는 내용과 방향, 정말 분명히 존재하나요? 이 글을 왜 시작하게 되었나요? 내용과 방향에 걸맞은 글의 디테일은 충분히 준비했나요? 용건에서 가지치기를 하며 구조를 짜 버릇하면, 폐기처분하는 게 빠른 내용과 방향도 금방 알 수 있습니다. '먼저 생각하기'의 습관이 생기고 나면, 의식적으로 따로 시간을 들여 구조를 짜지 않아도 쓸 만한 글이 될지 아닐지를 빠르고 확실히 판단하는 일이 가능해집니다.

Q.
모호한 글을 쓰지 않는 법은 무엇일까요?

글이 모호해지는 이유는 생각이 모호하기 때문일 때가 많습니다.

또는 책임을 피하기 위해 노력하는 글은 모호해지는 경향이 많습니다. 이른바 '주어 없는 글'이 그렇습니다.

한편, 쉽게 읽히는 글이 좋은 글이라는 생각도 널리 퍼져 있습니다. 읽히지 않는 글보다는 읽히는 글이 일단 독자를 읽게 할 수 있다는 점에서 유리한 점이 있는 것은 사실입니다. 말하려는 바가 분명히 전달되는 글의 매력은 공감을 위한 글, 상대를 이해시키기 위한 글에 꼭 필요한 자질입니다. 하지만 어떤 글은 일생일대의 사고 과정을 거쳐 태어나고, 그래서 읽는 쪽에서도 그만큼 수고를 들여야 합니다. 《생각하는 여자는 괴물과 함께 잠을 잔다》라는 책에서는 가야트리 스피박의 말을 인용합니다. "우리는 평이한 글에 속임수가 있다는 사실을 알고 있다." 쉽게 설명하려면 저자는 많은 독자에게 이미 익숙한 도구를 가져다 쓰게 됩니다. 이 책의 저자 김은주 씨는 말합니다. "쉬운 글을 읽으면 읽을수록 오래된 낡은 집단 안에 깊이 묶여버려, 새로운 사고와 관점을 받아들일 수 없게 된다." 철학서를 읽을 때든 고전소설을 읽을 때든 한 번쯤은 깊이 생각하며 어려움을 스스로의 힘으로 해결하며 읽어봐야 합니다. 글을 쓸 때도 마찬가지입니다. 도무지 풀리지 않는 글이라면 글을 풀어내기 위해 깊이 고민해봐야 하고, 설령 읽는 사람에게 다소 어려운 글이라 하더라도 도전해보기를 권합니다.

처음부터 잘 쓰는 사람은 없습니다

초판 1쇄 발행 2018년 10월 8일 　**초판 12쇄 발행** 2023년 5월 29일

지은이 이다혜
펴낸이 이승현

출판1 본부장 한수미
와이즈 팀장 장보라
디자인 urbook
일러스트 재히

펴낸곳 ㈜위즈덤하우스 **출판등록** 2000년 5월 23일 제13-1071호
주소 서울특별시 마포구 양화로 19 합정오피스빌딩 17층
전화 02) 2179-5600 **홈페이지** www.wisdomhouse.co.kr

ⓒ 이다혜, 2018

ISBN 979-11-6220-928-8 03800